偷一段时光在路上

东北大地的极致诱惑

简人 著

Northeast earth ultimate temptation

谨以此书献给那些热爱冰雪、河流、森林和湖泊的人们！

内蒙古出版集团
内蒙古人民出版社

图书在版编目（CIP）数据

东北大地的极致诱惑 / 简人著 . -- 呼和浩特 : 内蒙古人民出版社 , 2014.11

（偷一段时光在路上）

ISBN 978-7-204-13225-6

Ⅰ．①东… Ⅱ．①简… Ⅲ．①游记－作品集－中国－当代 Ⅳ．① I267.4

中国版本图书馆 CIP 数据核字 (2014) 第 273401 号

偷一段时光在路上——东北大地的极致诱惑

作　　者	简　人
责任编辑	侯海燕
封面设计	何塞纳
责任校对	李向东
出版发行	内蒙古出版集团　内蒙古人民出版社
地　　址	呼和浩特市新城区新华大街祥泰大厦
印　　刷	内蒙古爱信达教育印务有限责任公司
开　　本	700mm×940mm　1/16
印　　张	15.75
字　　数	180 千
版　　次	2015 年 1 月第 1 版
印　　次	2015 年 1 月第 1 次印刷
印　　数	1 — 4000 册
标准书号	ISBN 978-7-204-13225-6/I•2588
定　　价	35.00 元

如出现印装质量问题，请与我社联系。

联系电话：（0471）4971562　4971659

网址：http://www.nmgrmcbs.com

序

XU

从寒冷的东北回到我居住的沿海小城，两个多月的行走，我的左脚多了个紫黑色的脚趾甲，手背上是暗红色的冻疮，登山包也脏得失去原来的颜色，胡子拉碴，活像个邋遢的流浪汉！旅行给身体留下的痕迹，会随着时间消失，但沉淀在内心深处的一些记忆，却像黑白电影的场景，已永远挥之不去！

三个多月前，我背着沉重的行囊，从深秋的大连出发，到达了中国最北、最东的那片土地，进入苍莽的大、小兴安岭，经过黑龙江、嫩江、乌苏里江、松花江、鸭绿江……现在，即使我闭上眼睛，恍惚还能感觉到北方冰层下的河流在内心流淌，漫山遍野的雪和凛冽的北风，仍在逝去的日子里肆虐。

从长白山到遥远的北极村，从太阳最早升起的抚远县到冰雪秘境——雪乡，从万里长城最东端的起点到乌苏里江畔仅有一户人家的小镇……漫长的旅途中，我遇到过无数陌生人：长途骑行的驴友、寂寞的守林人，深山里的伐木工人，乞丐，醉汉，搭车旅行的厨子和身怀绝技的“渔把头”……他们让我得以窥见芸芸众生中另一类鲜为人知的生活。

我记不清多少次背包出门了，旅行已成为生活的常态。事实上，每次上路我都没有做太多的准备，我喜欢那种随遇而安的感觉，并且坚信：旅行的过程，就是一个发现惊喜的过程。在路上，被人问及最多的一句话是：“为什么不找个伴呢？一个人旅行多孤独！”其实，理想的旅行恰恰是一个人独自漫游，自由、随性，只需要一个背包和一份随时出发的勇气！

旅行中有句经典的话：身体和灵魂，必须有一个在路上。但我觉得一旦踏上旅途，两者已是密不可分，那时我的身体经历的是一场西斯佛神般的苦役，

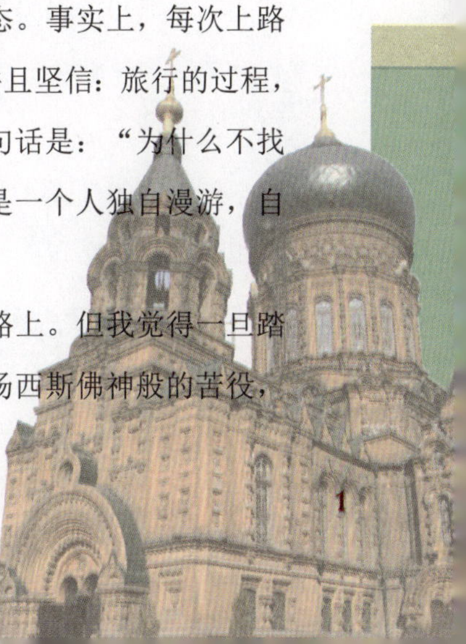

而灵魂几乎脱窍，始终飞翔在妙不可言的天堂中！旅行的意义在于对未知世界的探索和发现，一个人孤独的行走，如鱼饮水，冷暖自知。而旅行的好处之一——就是让你学会怎样和自己相处，无论吃饭、走路、沉思……你只与自己的影子一起前行。我一直认为旅行的广度和深度与心灵相关，有时内心像个巨大的容器，它可以装得下大地、河流、山川、湖泊、历史和旅途中的点点滴滴……

在路上的感觉，会让人获得新生，世界那么大，我们永远只在它的边缘行走。当我们在嘈杂的都市中，当我们麻木的眼睛已分辨不出绿叶的深浅，需要一个陌生的地方，让自己悄悄失踪一段时间！

爱尔兰诗人叶芝在《茵尼斯弗里岛》中写道：

现在我就要动身前去，因为每日每夜，

我都能听见那湖水轻吻沙岸的声音；

站在街衢之上，走在灰色的人行道上，

我在内心深处，听见了那悠悠的水声。

是啊！当我重新站在灰色的人行道上，我从没想到，那些童话般的东北城镇，会被我悉数装进相机和背囊中，相信哈尔滨、漠河、珲春和绥芬河等遥远得令人恍惚的城市，还会在梦境中与我不期而遇。我始终觉得东北大地惊心动魄的美景，对于一个南方旅人永远有种致命的诱惑，它的白山黑水，它的大气开阔、幽深和神秘。那里有着最严酷而漫长的冬天，而生活在那片土地上的人们，豪爽、淳朴，让人一直心怀敬意。

我的旅行随笔，如同个人记忆的黑匣子，收藏七十多个酸甜苦辣的日子，零下三十度的气温，一万多公里的旅程……北国大地上蕴藏着无穷的秘密，我希望自己的文字和图片能够还原一次寒冷而美妙的旅行！

说吧，东北……

目录
CONTENTS

北国海滨：大连

边城：丹东

长白山：世界尽头与冷酷的仙境

图们：一条江的名字

从松花湖到长春

漠河：寻找中国最北的村镇

五大连池：上帝遗落的蓝琥珀

扎龙：记忆中的那些丹顶鹤

走进红松的故乡——小兴安岭

沿着乌苏里江漫游

独对镜泊湖

走进“东方小莫斯科”——绥芬河

雪乡：穿越冬天的童话

亚布力：滑雪者的天堂

有关哈尔滨的五种记忆

查干淖尔：北方最后的渔猎部落

盛京沈阳

北国海滨：大连

地图上的雄鸡嘴啄

DI TU SHANG DE XIONG JI ZUI ZHUO

我相信那些去东北旅行的人，大都是在很多描述寒冷的文字中先认识北方的。尽管在这之前我有过北方旅行的经历，东北虽然寒冷，但气候干燥，不同于南方沿海冬天那种难言的湿冷。我的旅行将跨越秋冬两个季节，出发前我在自己60升的登山包里，鼓鼓囊囊地塞满了保暖内衣、羽绒服、羊毛袜、雪套、头灯、羊毛鞋垫、护膝、皮手套、帽子、口罩、耳套和围巾，以及沉重的摄影器材……

在大连这座美丽的海滨城市，在街头漫步，总让人感到一种安闲、沉静的气质。

一踏上东北的土地，刺眼的阳光总使人难以适应。夏日漱石在《满韩漫游》一书中认为：他在大连见到了日本本土看不到的星星，他认为大连的太阳比日本耀眼，满洲的落日使他感动……这在我漫游东北的途中感觉尤其强烈！在这座美丽的海滨城市，大街上的建筑中西壁合，显得洋气而潇洒，很有现代气息。园林也设计得非常精致，那种精致，体现在细微处，譬如草地的形状，小径的走向，观赏植物的样式，让人感觉到这座城市安闲、沉静的气质。

大连位于辽宁半岛的最南端，雄鸡版图上突出的嘴喙。最初仅是一个小渔村，因为拥有许多小岛，俯瞰就像一串闪光的链子，被人称为“链岛”。一百多年前，俄国人开建了这个城市，将它命名为“达里尼”，意为遥远的城市，一个远离莫斯科和圣彼得堡的地方。这座城市无疑是美丽的，街道洁净，风吹过时，空气中带着海水的味道。因为历史的原因，大连很多楼房还保留着日本、俄罗斯的建筑风格，也让它至今拥有各种风情独特的小巷。

有人说，那些风格迥异的欧式建筑夹杂在街上，给城市的重新规划造成了难度。然而这正是大连历史的真实，它时刻提醒后人那段屈辱的近代史，让人在感受它的时尚气息，沐浴着海风的同时，多了一份历史的沉重与思考。

黄昏时，大连街上风格迥异的欧式建筑。

在市中心我还发现了一种大连特产——有轨电车，沿着铁轨来回穿梭在繁华的大街上。听说大连的有轨电车都是女司机，不允许男的开的。我坐在电车上询问过当地人，得到的回答足以令人捧腹。

“为什么不让男人开有轨电车呢？”

大连人一本正经地回答：“男人容易出轨！”

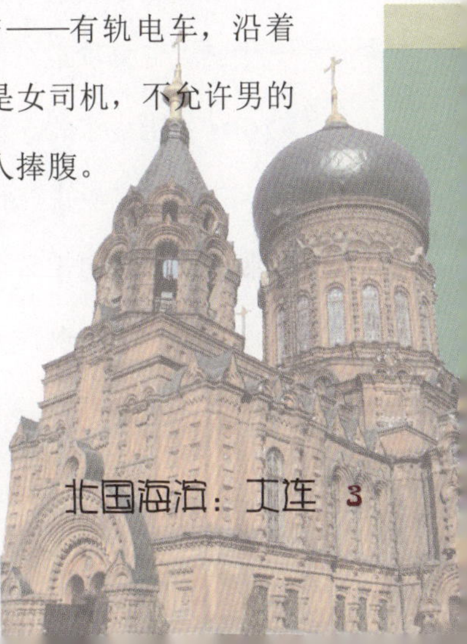

闯关东的海路中转站

CHUANG GUAN DONG DE HAI LU ZHONG ZHUAN ZHAN

在我落脚的客栈，老板是个满脸络腮胡子的东北汉子，令人吃惊的是，他的左手在肘部全部断掉，他总是戏称自己为“一把手”。几天下来，我和他熟悉了，忍不住问他原因，他告诉我他以前是货车司机，有次冰雪天跑长途，为避让客车，他的车和手都断成了两截……他说话时神情淡漠，好像在讲述一件与他无关的事，见我发愣的模样，他笑着反问：“你说说，丢了一只手，捡回一条命，哪个合算呀？”

我说他是真正的东北汉子，他却一脸严肃地告诉我，和其他东北人不一样，大连人很少承认自己是东北人，被人问及，大家总会回答：不，我不是东北人，我是大连人。

历史上的大连一直是海路“闯关东”的一个重要中转站，百年来，多少闯关东的人一辆推车，或一根扁担、两个箩筐，前挑幼子，后挑家当，一步一步跋山涉水走进东北。从海上到大连，不知有多少人葬身海底。

听客栈老板说，他的祖籍山东蓬莱，有年秋天，由于蝗虫灾害，庄稼颗粒无收，爷爷决定带着全家逃荒。一家八口人划着小舢板出海，船行不久，海上骤起大风，小舢板整整在海上漂了两天。快要漂到旅顺岸边时，又袭来了一阵巨浪，一家八口中有六人在瞬间都被海浪卷走，只剩下他父亲和姑姑被海浪卷到岸边，在当地好心人的收留下，才得以幸存。那时，海上运输工具主要是帆船，因船家忌“帆”与“翻”谐音，所以称为风船。从海上抵达大连的山东人，除了小部分留了下来，更多的仍无以为生，他们像扑火的飞蛾，明知前途凶险，仍忍悲含泪，一路向北、向北，甚至直抵最北端的黑河，直到找到生路。现在坐飞机从大连到黑河，只要两三个小时，但一百年前，他们却要整整跋涉一年、两年甚至许多年，才能到达那片黑土地。据说有人早年闯关东，死前曾留下遗愿，要落叶归根，葬回到家乡。他的儿子只能将遗体，从千里迢迢的漠河一直背回山东老家……

一座广场串成的城市

YI ZUO GUANG CHANG CHUAN CHENG DE CHENG SHI

大连有一个显著的特色，就是它的广场文化，这座只有二千多平方公里的城市，大大小小的广场竟达七十多个，是亚洲广场最多的城市之一。据说一百多年前，一批对法国文化情有独钟的沙俄工程师，怀揣着巴黎的城建图纸来到这里，希望在远东的土地上再造一个“东方巴黎”。因此形成了大连的特色——以广场为中心，街道向四周辐射。其中最著名的是“星海广场”，那是亚洲最大的广场，它见证了这座城市的记忆和风风雨雨。在广场上，草坪、白鸽、雕塑和喷泉随处可见，而传说中的女骑警和圆舞曲，可惜我却一直没有遇到过。

大连星海广场，一个亚洲最大的广场，它见证了这座城市的记忆和风风雨雨。

大连星海广场。风吹过时，空气中弥漫着阳光和海水的味道。

离开星海广场，沿着滨海路，穿过北大桥，抵达著名的老虎滩。据说世界上真正意义的极地馆只有三个，一个在美国的圣地亚哥，一个在奥克兰，另一个就坐落在大连的老虎滩。而星海公园位于南边的星海湾内，到了海滨浴场，辽阔的大海突然展现在眼前，只觉得自己好像置身于世界的尽头，眼前是一片陌生得近乎虚幻的空间。目力所及之处只剩下无边无际的蓝色。很难想象海水能蓝得如此纯粹，因为清澈，湛蓝的天空完全落到了海里。岸上有人倚着栏杆观海，在海边咸湿的空气中，除了翻滚的海浪，再没有别的声响了。

大连滨海路上美丽的海景

金石滩的海岸带喀斯特地貌和扼守着渤海海峡的咽喉的旅顺口都是大连令人神往的地方。

秋天的大连金石滩，沙滩上还留着夏日的记忆。

其实，想要了解一座城市，应该从它的特色小吃开始，那是一个地域带给人味觉上的独特体验。大连最出名的就是天津街小吃，这里有最正宗的包子铺——狗不理！冬天，刚出笼的各式包点，远远就能见到蒸腾的热气，令人顿生暖意，想吃包子不用到天津，居然在大连也能品尝到。还有炒闷子，软软香香的用一把小叉子叉来吃，让人记忆深刻。在这里，可以感受到最真切的市井生活，也让味蕾经历了一次奇妙的旅行。

旅顺日俄监狱旧址

身在旅途，步行可以更深入地了解一座城市。阳光下，每个城市都有一副相似的面孔——高楼林立，交通拥挤，人群喧闹。我始终喜欢一个人旅行，看自己喜欢的风景，品尝当地的美食，完全不用顾及别人，想停就停，想走就走，随遇而安，有种流浪的感觉。而且在陌生的地方可以完全敞开记忆，安静地思考，可以一个人自由地呼吸，就像现在，我独自沉浸在北方的空气中，从白天到黑夜，从南到北，不断地抵达，又不断地出发……

边城：丹东

中国最美的边境城市

ZHONG GUO ZUI MEI DE BIAN JING CHENG SHI

到大连之前，丹东对我来说是一个非常遥远的地方，对它的印象仅停留在：位置靠近朝鲜，是当年抗美援朝的前哨，而其余的几乎一无所知。

后来看了地图才发现，丹东其实离大连不远，仅四小时车程，那里有传说中的鸭绿江大桥，有万里长城最东端的烽火台，更有与朝鲜一步之隔的神秘的边境。

车窗外是辽阔的秋天，山丘连绵起伏，沿途红色屋顶的农舍静静地停在秋天深处，这是一年中色彩最成熟浓郁的季节。我喜欢旷野中河流转弯的地方，树木、倒影和牛羊都会使大地上的色彩流动起来……

鸭绿江对面的朝鲜，因为它的封闭，至今对大多旅人来说，还是一个神秘的国度。其实，丹东之行对我最大的诱惑来自朝鲜。丹东是一座近山、临江、靠海的边疆城市，北有层峦叠嶂的高山，南有蜿蜒、舒缓的鸭绿江和烟波浩渺的黄海。小城非常安静，鸭绿江像一条伟大的动脉，滋养着这座美丽的边城，江水沉绿如墨，缓慢流动，度过安闲的时光。夜里的鸭绿江水，如同一匹青色土布，无声无息，但却让人随时都能感觉到它的古老和深邃……

在丹东，我喜欢在黄昏时沿着鸭绿江漫步，此时的丹东在我眼中是一座忧

鸭绿江大桥

郁的小城。它屹立在黄海之滨、鸭绿江畔，与朝鲜新义州市隔江相望。因为那条墨绿色的鸭绿江，因为那段充满硝烟的往事……但记忆中那首激昂的歌曲，那段承载东西方对抗的历史，早已隐藏在喧闹的街衢中。只剩下广场上那尊挥手致意的毛泽东铜像，似乎固执地提醒我们这里曾经的峥嵘岁月……据说，对岸朝鲜民主主义人民共和国的广场上，一尊同样高大的金日成铜像，与之遥相呼应。

这是一座遍植银杏树的城市，令人惊讶的是主街道是罕见的十纵十横，纵横交错，一直到底，像小城一样坦诚而胸无城府。对于那些初到丹东的旅人来说，大概不会有迷路的尴尬了。

著名的鸭绿江断桥就躺在小城的身边。那被美军炸毁的鸭绿江大桥，正以残缺的一半见证着那段历史。如今，新桥已在断桥上游百米处重新横跨大江两岸。

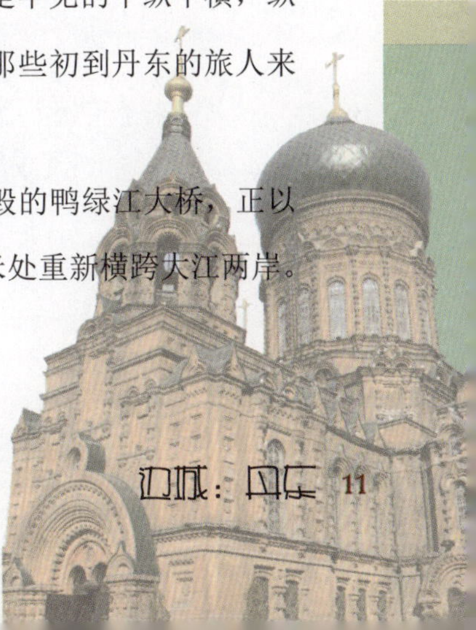

一江之隔的两个世界

YI JIANG ZHI GE DE LIANG GE SHI JIE

丹东与一江之隔的朝鲜最大的区别：丹东是高楼林立，大气繁华的“江景房”；而对岸却是灰色烟囱矗立，低矮黯淡的旧屋。空旷的江岸上，零星分布着一些色调灰暗的建筑物，望远镜中白墙斑驳，显然已经有了久远的历史。那座城市就叫新义州，是朝鲜平安北道的首府。再回头看看丹东暮色中的车水马龙，我怀着好奇心和卖旅游纪念品的小贩开始聊天。

“那边为何不装霓虹灯呢？”

“他们付不起电费！”

“你到过那边没有？”

“没去过。没什么事去干吗？”

“那边跑过来的人多吗？”

“那边很苦，老百姓总往咱这边跑哇！”

“过来都干吗？”

“买吃的，方便面，他们最喜欢了。买油条，用编织袋装！”

丹东小贩的语调轻松而夸张。我花了 20 元人民币，从他手里买了一套朝鲜纸币，一看面额竟有 2500 元……

当我乘坐的快艇在鸭绿江沿朝鲜一侧巡游了一趟，这种感觉便更加真实具体了。上了游船，隔岸就是朝鲜的新义州。这时，我才感觉到它与中国的差距。有人说朝鲜现在的生活水平相当于中国的20世纪六七十年代，我想：这一切，从岸边就能看出端倪，葱茏的树木掩映着低矮的房屋，和中国的农村景象那么相似，岸上灯光隐约，眼前的异国呈现出无限的神秘。船在江中逆流而上，从船夫口中我得知，朝鲜是一个很贫穷的国家，经常闹饥荒，据说冬天时，常有朝鲜妇女沿着结冰的鸭绿江偷渡到丹东。坊间流传着很多“一袋大米换一个媳妇”的故事，但故事的结局往往是被遣返，等待她们的将是残忍的刑罚。传说朝鲜会用铁丝将偷渡者的手串联起来，并且整个家族都被牵连，他们的命运不是被处死，就是亲手提前结束自己的生命。

据说朝鲜女人操持家务，下地务农，没有任何社会地位。只有高官权贵的女儿，才有机会和丹东或沈阳等地的朝鲜饭店签订三年合同，到中国做服务员，虽然月薪很低，但她们却很满足，因为在朝鲜，这样的工资并非常人所能拿到。

中朝两国的边境线是动态的，以水为界，河水流到哪里，国境线就到哪里，只要船只不靠岸，就不会认定为越境。时间在这里仿佛已经倒流。岸上不时掠过一座座岗楼，每隔五百米左右就有两名荷枪实弹的士兵，年轻白嫩的脸孔，身着崭新的深黄色军装，挎着新式的自动步枪来回走动……

船夫反复嘱咐不得拍照，他用朝语向士兵问好，“阿银，哈西米嘎！”（你好）。据说朝鲜是个拥有二千四百多万人口的国家，却拥有一百多万人的军队，加上预备役和准军事部队，已经接近六百万人！

船夫说：“每到夏季，丹东灯火通明，热闹非凡，他们那边却因限电而一

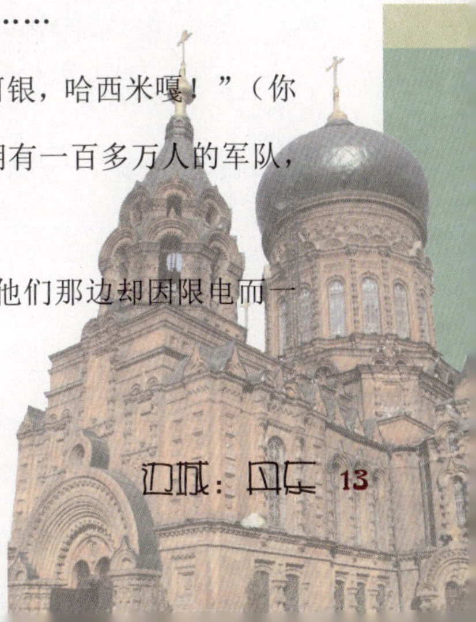

片漆黑。夜晚的鸭绿江大桥，临近中国的一边灯火通明，而另一半大桥几乎淹没在黑暗中。那些在白天眺望像是别墅的白色小楼，入夜却是漆黑一片，其实所谓的别墅都是形象工程，里面根本不住人！”

江的两边是两个世界不同的生活。而这条古称溳水，汉朝称为马訾水，唐朝始称鸭绿江的大河却显得风姿绰约。当我带着茫然的心情回到岸上，落日将尽，江水澄碧，暮霭使鸭绿江静得令人发慌。也许只有在这条江上，你仿佛进入时光机器，可以同时感受到21世纪的城市和20世纪六七十年代的场景了。

朝鲜原意为“日出升起时鲜艳的国家”。可惜次日早晨，鸭绿江的日出被云层遮掩，仅露出半个橙红色的面庞。断桥对面朝鲜寒伧的房屋、萧瑟的树木，一切仍清晰可见。江水近处为黄绿色，稍远变成蓝绿色，空气中似乎也流淌着绿色的汁液。

鸭绿江大桥是横跨中朝两国的国境桥，历经抗美援朝战火的洗礼。现在，依然能清晰地看到桥梁铁架上众多的弹痕和残留的弹孔。

新义州和丹东居民同为朝鲜族，虽鸡犬之声相闻，但中间却隔着那条二十多米宽、沉默奔流的鸭绿江。

站在江畔，当我的目光在断桥上长久流连的时候，我觉得没有理由不渴望和平。半个世纪前，三十六万赴朝作战的志愿军战士，有多少人已经永远长眠在对岸那块土地上了！

万里长城最东端的起点

WANG LI CHANG CHENG ZUI DONG DUAN DE QI DIAN

有着“中国最美的边境城市”之称的丹东，在暮色中显得如此宁静，因为抗美援朝而成为著名的英雄城市。而生活其中的居民却没有躺在功劳簿上，而是把它装扮得更加美丽。

旅馆对面的一个老人引起了我的注意，旅馆的老板告诉我，那是他叔公，是个有故事的老人。老人已经89岁了，虽然体弱多病，生活却依旧能够自理，遗憾的是他的耳朵几乎已经“生锈”，因此我们的交流很难展开。他曾是个青年商人，行走在中国与俄罗斯之间，商人的精明帮他避开了很多灾难。当日本人进村敲门时，他事先准备好几个鸭蛋与土豆，主动递给他们，他亲眼看到那些迟迟开门的邻居怎样被打得头破血流。

抗日战争时，他和几位战友与大部队失去了联系，他看着战友一个个死在身边……而他逃过一次次劫难。有一次在爆炸现场，因他恰好离开几分钟，而两位战友都被活活炸死了。新中国成立后，他隐姓埋名，一直在一家工厂当锅炉工。

“那时苦啊，饭也吃不饱啊！”我记得他总是不断地唠叨着这句话。他带我走进阴暗的房间，木制老房子和石板上的青苔散发着久远的气息，那棵粗大

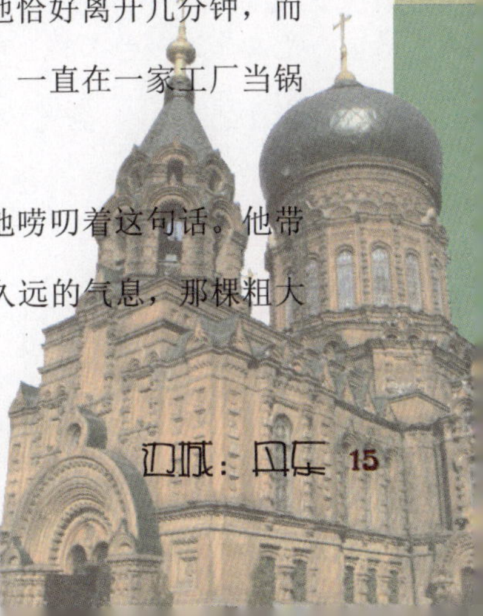

虎山长城巍峨雄伟，是明长城的最东端起点。

的银杏树穿过屋顶伸向天空。当我离开时，他的眼神里充满了期待，他希望有人听他的故事，尽管这个故事早已被岁月磨蚀得残破不全……

在丹东，作为明长城东端起点的虎山长城却一度被人忽略，它修建于明成化五年，由当时的辽东副总兵韩斌督建。据说有一个当地农民，在废墟中捡拾了一些青砖，带回家垒猪圈墙，后来被专家发现，才知道丹东才是长城的东部起点。

阳光、鸟鸣、风声挂满了秋天的树梢，长城穿过虎头山奔向苍茫的西北方。但我心中挥之不去的仍是有关明长城东端起点的考证，虎山长城的发现使得中国万里长城延长了一千多公里，使传统的说法得以改写……

可在情感上我仍然无法接受，我偏执地认为：考古发现多半根据片砖只瓦构建起对一座遥远古城的想象。但我非常赞同王充闾先生的观点："历经世事沧桑，许多当年的胜景已荡然无存，但在故都的遗址上，却有沉甸甸的文化积存在那里。"

伸出腿，脚尖就已跨到邻国了

SHEN CHU TUI ,JIAO JIAN JIU YI KUA DAO LING GUO LE

沿长城一转可见睡美人，梦笔生花，子母岩，铁索桥，登临长城烽火台，远处仍然是朝鲜灰暗的国土，爬过山崖陡壁中的一段羊肠小道抵达“一步跨”，地理意义上的朝鲜已近在咫尺。虎山长城脚下，便是著名的鸭绿江了，它是中朝的界河，按国际惯例，应以河主航道为界划归国界。但中朝国界却不是，由于中国的大度，河中那几个小岛已归朝方。“一步跨”是中朝水路边界距离最近的地方，河面只有一米宽，只需一步便可跨出国门。我好奇地伸出腿，脚尖就已跨到邻国了。不过你倘若真的跨过去，那暗处的朝方边防军，或许就会突然出现在你的面前。

沿着鸭绿江行走，我一直惊讶于这样一个事实：江中几乎看不到一艘渔船，出租车司机帮我揭开了谜底，原来是朝方怕渔船成为偷渡工具而禁止捕捞，丹东渔民也为了避免麻烦而放弃了打鱼，因此鸭绿江也就成了鱼类的天堂！想起李渔在《闲情偶寄》中说的：“鱼的繁殖，一次产的卵就像稻米一样难以计数，如果没有人赶尽杀绝，又将繁衍得无穷尽……几乎要充塞江河，船的往来，还能平安无事吗？”李渔的话让我坐在丹东的海鲜馆里大快朵颐时，有了堂而皇之的理由！

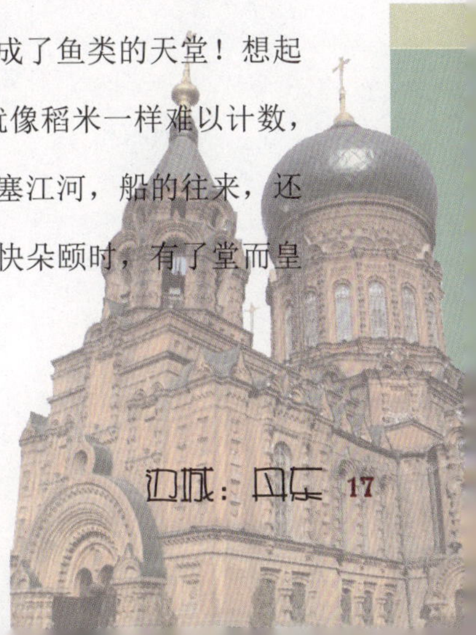

丹东除了海鲜，它的饺子也非常有名，老边饺子是丹东的名优小吃。东北的饺子总是满满一大碗，比南方实惠多了，我觉得东北人不但直率，而且特别大方。离开丹东前，我坐在一家饺子馆里，老板见我背着一个红色的登山包，得知我将在东北漫游几个月时，心里羡慕得要命，他说他每天守着小店，从未离开过丹东小城，他平淡而忙碌的生活就像鸭绿江一般静水流深，波澜不惊……离开时，老板送我走了几十米，等我拐弯时，我还看见他站在那里挥手。我知道远行是许多人的梦想，按照时下流行的说法， 旅行就是从自己活腻了的地方跑到别人活腻的地方。而我不停地行走，其实就是想获得一种生命中新鲜的感觉！

下午三点，我登上一列前往长白山的火车，据说那里是鸭绿江的源头……

长白山：世界尽头与冷酷的仙境

从丹东到二道白河

CONG DAN DONG DAO ER DAO BAI HE

在丹东到白河的夜行火车上，得知卧铺邻床的一对江苏夫妇也是去长白山旅游，翻着他们从网上下载的厚厚的一大本旅行攻略，我就开始犹豫了。我有个习惯：平常攻略只做个大概，总觉得旅行一旦被攻略框住就会索然寡味，因为旅途中的未知往往是最吸引人的地方。等我弄清楚通往长白山的天池有三条道路，最后决定选择在二道白河下车从北坡进山，相对于南坡和西坡，北坡是成熟的传统线路，尤其对第一次到长白山的人来说。

长白山横亘在中朝两国之间，是一座休眠火山，在朝鲜一侧，称为“万寿山”（又叫“白头山”）。浩浩荡荡的图们江、鸭绿江、松花江都是从这里起源的。每次旅行我都随身携带一本书，在火车上读普里什文的散文集，其中有这样一段话引起了我的注意：“那里的人们狩猎、捕鱼、相信巫师和森林与水域里的鬼怪，通过在几乎看不清的林间小路步行来相互传递消息，并靠松明照明……”阅读这样的文字，我觉得它似乎更契合旧时的长白山—— 一座满族人心中的神山。据说清代康熙、乾隆、嘉庆皇帝都曾亲自来东北祭祀其祖先的发祥地——长白山。《山海经》中所说的不咸山，其实就是现在的长白山，满族的初民肃慎人，就繁衍生息于长白山周边广袤的土地上。

只有少数幸运者才能看到天池

ZHI YOU SHAO SHU XING YUN ZHE CAI NENG KAN DAO TIAN CHI

二道白河是长白山下的一个小镇，当我背着沉重的登山包和摄影器材在晨光中走进一家小饭馆，第一次像东北人一样盘腿坐在土炕上吃饺子。店主是个五十来岁的大婶，拥有典型的东北人的传统，非常热情。一看装备就知道我是冲着长白山而来的，早饭后她向我推荐镇上住宿的旅馆，还特地为我招来进山的出租车。出租车司机笑着对我说：“大哥，您是去长白山？这天气您上不上天池？”“到长白山哪能不去天池呀！”我说道。司机看了看天，皱着眉头说：“我开了好几年车，上过无数次天池，但至今仍不知它是啥模样。”我心里一惊，在接下来的行程中，我听到最多的声音是：你看得到，你看不到。总之在变幻莫测的长白山中，也许只有极少数幸运者才能看到面容真切的天池了。

而我千里迢迢而来，对于这座笼罩着浓重传说的“关东第一圣山”，到底能不能看到天池？心里真的不知道了。

一路上，司机热情地为我安排时间，他说早晨山上雾大，并非是登天池的最佳时间，日头高时也许能窥见天池。于是，我选择前往隐没于密林之中的峡谷浮石林和冷水泉—— 一条沧桑的火山大裂谷，一汪清泉，稍后穿过温泉群，经冠桥，沿石梯逶迤而上，得见百米高空中跌落的长白山瀑布。那是世界上落

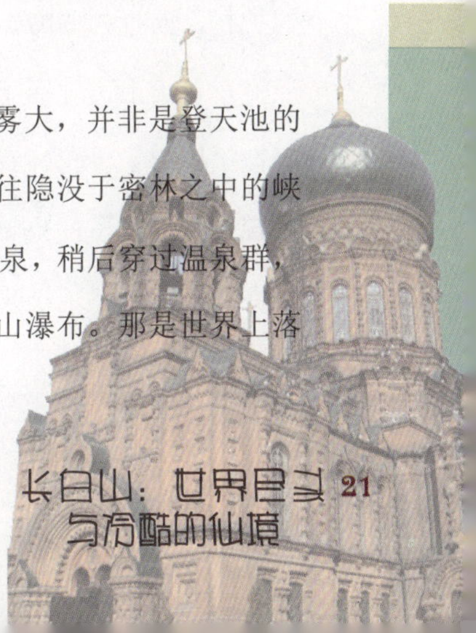

差最大的火山湖瀑布，在黑褐色的山崖之间，形状如白练，冰冷湍急的水流在巨大落差的河谷里，最后飘飞成一股股乳白色的轻烟，而附近的小天池的秋波也在这个上午透出几分澄明和妖娆……

登天池主峰前，长白山已经让我有了一个时间上的缓冲。在登顶车辆的中转站等车时，工作人员笑着说："你们运气真好！"我问："为什么好？是因为今天晴天可见度高吗？"他回答："不是，因为今天暖和。平常我们上山顶，待不上五分钟就得下来！"从丹东到长白山，我其实还未体验到东北的寒冷，生活在南方的我，几乎不知道零度以下的气温是个什么样的概念。

峡谷浮石林

开车的是个二十多岁的小伙子，戴着墨镜，一言不发，很酷的样子。丰田越野车一路飞速地向山上驶去，大约是知道今天游客偏多，司机都要努力跟着多跑几趟的缘故，车速一开始就提得飞快。上山全是盘山路，路左边是半米高的护栏，向栏外俯瞰，尽是令人心悸的万丈深渊。到了第一个转弯口，正好有一辆车从山上飞驰而下，眼看着好像要撞上了，司机突然一个右大转，车的左侧似乎掀起了单轮，我们的身体齐刷刷地向右甩去。就在惊魂未定时，另一个左转弯又出现了，只见司机猛地往左侧打方向盘，此时，我的身体随着巨大的惯性又向左倾斜了过来。车内的几个德国人不由得尖叫了起来。就这样从第一

白雪覆盖中的层峦叠嶂，枯黄与白雪交织，让长白山显得无比苍凉……

个路口开始，汽车一直盘旋着向山上开去，忽左，忽右，每一次转弯都似乎向着万丈深渊里倾覆。盘山道是近 360 度的急弯，我们坐在后排的，身体时常被高高弹起。可司机依然面不改色，丝毫没有减速，车开得非常疯狂，只二十几分钟，越野车就已经停在山顶上了，我甚至来不及看清黑风口，看清从山麓到山顶，从温带到寒带的垂直景观带—— 阔叶林、针叶林、岳桦林和苔藓地带，它们在车窗外，在冻土层上一闪而过……长白山主峰就突然袒露在我的视野中了。

等到一打开车门，迎面的寒风让所有人的表情都在瞬间凝固了，真是太冷了，感觉脸一下子就僵硬了，眼睛也很难睁开，脚下全是雪和冰，身体也变得站立不稳。山顶上的风很凌厉，气温在零下八度左右，尽管事先在山下租了大衣，但仍能明显地感到寒意。难怪早上的出租车司机说："你要上长白山？那尽量多穿点，有多少穿多少！"到天池火山口得沿着高高的斜坡往上爬，坡面上满是厚厚的积雪。回望来处，白雪铺天盖地，但山谷的褶皱处却露出不规则的黑色……那皑皑白雪覆盖中的层峦叠嶂，山骨隐显而凝练静止的山水气象，让人怀疑那是一幅北宋关中画家范宽的山水画卷《雪景寒林图》。高山之上万木皆枯，而枯黄与白雪交织，让长白山显得无比苍凉 ……

天池到底有没有“水怪”

TIAN CHI DAO DI YOU MEI YOU "SHUI GUAI"

现在，天池就静卧在我的脚下，在这里，时间仿佛已经凝固！幽蓝的天池在阴冷的空气中闪烁着蓝色的光，在它周边围绕着16座高耸奇绝的山峰，那终年不化的积雪在风和日光下熠熠生辉，在蓝天与白云的交汇处，形成了一条明亮的分界线。天池海拔两千多米，寂静是它唯一的声音！我把它当成世界尽头与冷酷的仙境。

天池周长十几公里，水深三百多米。光绪年间，刘建封在《长白山江岗志略》中记述：“自天池中有一怪物浮出水面，金黄色，头大如盆，方顶有角，长项多须，猎人以为是龙。” 至今有关天池怪兽的记载已越来越多，从20世纪初的地方志，到近十几年来的游客目击，天池怪兽这个不明生物频频出现，目击者竟多达数千人次。有的说怪兽像牛，有的说像长颈龙，有的甚至说是天外来客……有游客拍下了天池怪兽的录像和照片，但由于距离过远，都不清晰。据当地人说，最惊人的一次是在某个夏天，大约50分钟的时间里，怪兽共出现了五次，有时一头，有时好几头，最后一次居然达到20头左右。由于距离远，虽然有人拿着50倍的望远镜，看到的怪兽也只是模糊的小白点或小黑点而已。

我裹着厚厚的军用棉衣，怀着强烈的好奇心询问一位在山顶出租望远镜的

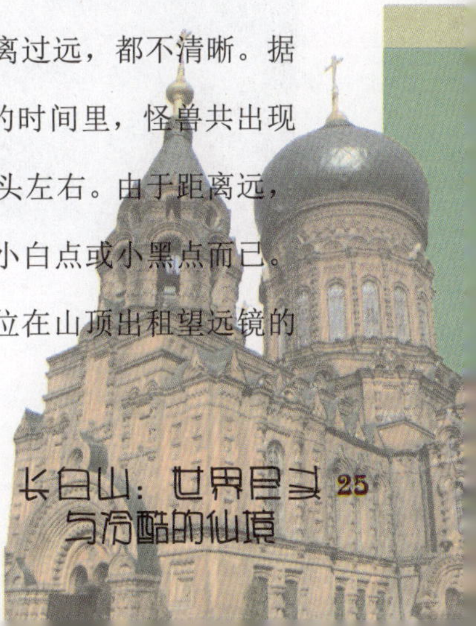

中年人：“师傅，您是本地人吗？您在这里多少年了？见过天池水怪吗？”中年男子回答说：“我就见过一次，我在这里有十几年了。” 他接着说：“当时‘水怪’出现在朝鲜一侧的水面，离岸边大约一百多米远。只见它上蹿下跳，给人的感觉像是鱼在飞跃。”他说话时眼中闪烁着兴奋的光芒，“那天傍晚天气很好，太阳在落山前把整个天池照得一片金黄。” “那您看得清楚吗？”我掏出一支烟递给他。 “从望远镜里看，那样子黑乎乎的，不是很大，看不清是什么东西，有点像恐龙，又有点像大铁锅和水牛，但可以肯定绝对不是鱼！” 他又说道：“太阳已经落山，天色也暗下来了，当时我正准备收工，湖中那个黑色的东西，隐隐约约地游过来，速度飞快，估计离我只有十几米……光线太暗了，只能看到个轮廓。露出水面的部分有汽车轮胎那么大，高出水面

大约有五十多公分，样子像‘嘴’的部分是长方形的，整个就像个马头……”凭直觉我感到这位瘦弱的东北汉子说的都是实话，因为他说话时脸上不时流露出惊恐的神情。

多年来，“水怪”始终是这个高山湖泊中的一个不解之谜。从20世纪初地方文献的详细记载到近几十年数以千计人的几十次的目击，使天池“水怪”已成为难以否认的事实了。有人认为，水怪可能是一种类似“翻车鱼”的海洋鱼类。长白山天池是活火山，与日本海临近，极有可能有一条通往日本海的隧道，所以翻车鱼就从隧道进入天池，而且长白山天池是活火山，湖底有火山活动，矿物质丰富，也为翻车鱼提供了食物，同时火山活动使湖底温度暖和，适合翻车鱼生存……尽管“水怪”的传说纷至沓来，但它至今仍是一个无法解开的谜团。也许正是因为这些扑朔迷离的传说和白雪一样终年覆盖它的头顶，使得天池至今蒙着神秘和冷峻的面纱！它吸引着人们小心翼翼地走近，但始终对它保持敬畏……

满族人心中的神山

MAN ZU REN XIN ZHONG DE SHEN SHAN

17世纪中叶，清朝定都北京，八旗满洲的居住中心，也由东北地区向京城转移，出现了雍正皇帝所说的“驻防不过出差之所，京师乃其乡土”的新态势。于是，产生了满族人的“第二故乡”—— 北京。尽管有了第二故乡，但第一故乡却始终没有被他们忘却，无论在远离东北的任何地方，“白山黑水”依旧是魂牵梦萦的地方。康熙十六年（1677年），奉皇帝钦差，觉罗内大臣武默纳一行人历尽艰辛，披荆斩棘，跋山涉水，踏勘出了一条常人难以走通的小路，来到了圣洁而人烟罕至的长白山巅的天池边，举行了向山神顶礼的仪式。回京复命时，武默纳向皇帝呈献了一份详尽记述拜谒长白山过程的奏疏。他在奏疏中写道：“遥望山形长阔，近观地势颇远。所见片片白光，皆冰雪也。山高约有百里，山顶有池，有五峰围绕。临水而立，碧水澄清，波纹荡漾，殊为可观。池畔无草木。……回首瞻望，又忽然云雾迷山……”就是这样一个终年云雾迷山的地方，不知道究竟埋藏着多少未知的秘密！

此刻，山风冷冽，脚下是雪，头顶是天，而整个天池就像一只阴森森的巨眼，远处是蓝色的河流、谷地 ，而朝鲜境内的云层在众山之上透着奇异的红光，让天池突然变得冷艳无比。站在山顶，我竟有些眩晕，脑中一片空白，只感觉到自身的渺小，感觉到内心有种莫名的苍凉……

据说天池一年有三分之二的时间云雾缭绕，尤其是盛夏季节，风雨飘忽，有时一天之内，甚至一小时之内就可能发生几次变化，黑云雷鸣，暴雨狂泻，山峰和湖面瞬间淹没在风雨之中。待到风雨骤停，湖光山色又重新展露出来，那份绝处逢生、柳暗花明的美令人心悸。能像我这样一睹其神采的人可以说是非常幸运的。

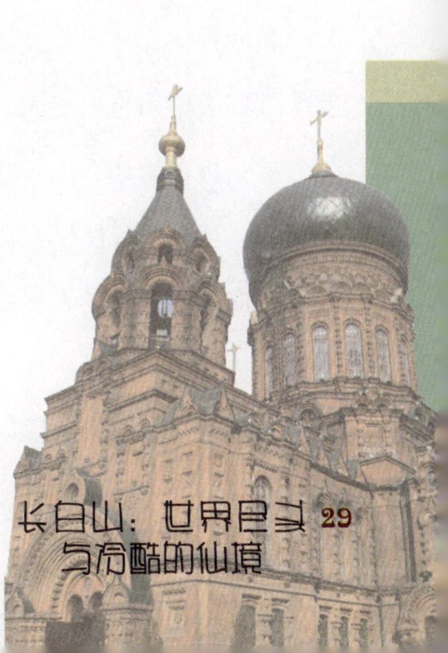

糟了，遇上打劫了?

ZAO LE,YU SHANG DA JIE LE ?

不知什么时候开始，我突然发现自己携带的登山杖失踪了，我沿着雪道和停车场不断寻找，它曾经伴着我走过无数高山和沙漠，锃亮的手把上还留着我的体温，丢失了登山杖，在接下来漫长的旅途中我将不堪重负。

天渐渐暗下来了，此时，我惊悟到停车场上已找不到返程的车辆了，于是向路旁正在卸货的卡车司机求助。他立马冲着驾驶室中的一个人嚷道：“你，坐到后面去！”那人腾出空位让我进了驾驶室。夹在四名东北大汉的当中，卡车一路疾驶盘旋着俯冲下山。突然，卡车一个急拐偏离大道，驶入旁边的森林，在几乎无路可行的密林深处不断穿梭，随着“嘎”的一声急刹车，我暗想：糟了，遇上打劫了？！顿时顿觉万念俱灰。司机跳下车后从树丛里取回几个包裹。见我神情异样，便笑着说：“这是朋友藏在这里的山药，几天前采摘的，顺路捎回去给山里人治病。”车至山脚，道别时我想付车钱，但那位满脸络腮胡子的司机却说什么也不肯收下……

当我在暮色里，在燃烧的秋色中回望长白山顶宁静的积雪，恍惚刚刚登临过的天池是一场真实的梦境！

图们：一条江的名字

《喀秋莎》传唱的地方

'KA QIU SHA' CHUAN CHANG DE DI FANG

离开长白山，由二道白河经安图，过延吉朝鲜族自治州，再转车至珲春。一路上，秋天已经越来越深了，沿途是白桦林、黄柞木、绿色的落叶松织成斑斓的秋色，乡野的红房子在五彩的树林中熠熠发光……我喜欢在路上的感觉，阿兰·德波顿认为旅行能催人思索，很少有地方比在行进中的飞机、轮船和火车上更容易让人倾听到内心的声音。

珲春汽车客运站没有到防川的车。

早晨我到汽车站时，在售票处打听班车的情况，女售票员头也不抬，生硬地说："没有，你自己不看车次牌吗？"我怔了一下，继续耐着性子询问："是不是整个珲春都没有？" 售票员这才停下手中的工作—— 她将一件织了一半的毛线衣扔在旁边的椅子上，用眼角的余光瞟了我一下，隔窗抛出一句话："你到贸易中心看有没有车！"

我背着沉重的背包，转身茫然盯着大街，街上停着稀稀拉拉的几辆面包车，东北司机们在不断地吆喝："图们，图们！" "延边，延边！"这时，不断有人走到我跟前问："去哪里？""去哪里？"……当我背着登山包抵达贸易中心时，好不容易找到了一辆去防川的车，车门关着，司机躺在座椅上打盹。

我敲了两下窗户，询问了票价和里程，司机翻身而起，开始发动那辆破旧的面包车。面包车驶离市区一路往南，公路旁是茂密的原始森林。出租车司机说树林里以前有东北虎等猛兽出没，本地人进山，往往有可能遭遇熊瞎子。如果一旦遇上，切忌逃跑，最好的方法是躺在地上诈死，黑熊对死人丝毫不感兴趣。万一受惊乱跑而被熊撵上，后果则不堪设想：黑熊先舔后揉，几百公斤庞大的身体，会坐到你身上不停地揉动，直到将人揉死为止。司机的一番话几乎听得我毛骨悚然。

而现在我要前往的那个地方是与一支美丽的歌曲有关。“正当梨花开遍了天涯，河上飘着柔曼的轻纱，喀秋莎站在峻峭的岸上，歌声好像明媚的春光……”这首充满怀乡气息的苏联名曲《喀秋莎》就是在珲春防川写的，当年的苏联远东军来到中国防川，驻扎张鼓峰，也许是漫山遍野盛开的梨花和野玫瑰，也许是蓝缎带一般飘落在青山峡谷中的图们江，那沿着江流偶尔从日本海吹来轻纱一样的薄雾—— 总之苏联诗人伊萨科夫斯基从远东的土地中得到创作灵感，后经作曲家勃兰切尔谱成曲子，从此《喀秋莎》优美的旋律便像图们江奔流的江水一样，在岁月的长河中传唱不息！

中国版图上最窄的领土

ZHONG GUO BAN TU SHANG ZUI ZHAI DE LING TU

在歌声消散的地方，历史却在暗处闪光。

防川位于敬信乡，是中朝和朝俄界河图们江入海口，人称“东方第一村”，在中国雄鸡般的版图上，它恰好处在嘴尖的位置。从珲春到防川往返 60 公里的路程，过了圈河口岸，汽车在俄罗斯和朝鲜中间行驶，唯一一条公路向日本海延伸……发源于长白山的图们江千万年来静静地流淌，只是近百年来才进入了人们的视野。它在中国境内流淌了几百公里，现在它就要奔向远方的大海—— 那就是靠近防川的日本海。

面包车开始在蜿蜒的道路上伴着秋色穿行，图们江忽远忽近地伴随在一旁。视野中不时有小湖泊闪着粼光。我知道此时行走的这片土地，只有一条路，一条 8 米宽 888 米长的江边大堤，那是中国版图上最窄的领土。一种突然被挤压的感觉，使我有种透不过气来的感觉。什么时候，领土竟变得如此细细如丝？

1860 年《中俄北京条约》签订后，乌苏里江、松阿察河、瑚布图河、图们江以东划归俄国，从此东北地区便没有了出海口。这里是中国到俄罗斯、朝鲜东海岸、日本西海岸以及北美、北欧的最近点，历史上有“黄金水道”之称。从防川沿图们江出海到俄罗斯的波赛图港仅 61 公里，距海参崴 80 公里；从防川到日本札幌比大连口岸到札幌要近一半的路程。这大片的土地，曾经都是中国的领土，俄罗斯与朝鲜在陆地上也没有接壤，是中国的领土延伸到图们江下游入海处，将俄罗斯与朝鲜分割开来。那离防川仅15公里的日本海，曾经是先人扬帆捕鱼的地方，是他们从事海上商贸的通道。但几个暧昧的条约，几个偶然的历史事件，我们就被割让了大片的土地，从此失去了从黑龙江口到图们江口的全部海岸。

防川其实没有什么名川大山，风景虽然优美，而我去防川的心绪却非常复杂，虽是去欣赏边境风情，但更多的是凭吊一个国家沉重的历史。车至图们江下游，江面逐渐宽阔起来，眼前的图们江静水流深，两岸山高林密，海鸥飞翔……但防川却处在一个无比特殊的地理坐标上，让它在历史的风雨中，见证了太多的繁华、屈辱、沧桑和忧患！

在防川不能不提到一个人，那就是江苏吴县的吴大澂，他曾受命督办吉林军务，督办吉林、宁古塔、珲春防务兼屯垦，是清代著名的古文字学家和金石学家。

1885年吴大澂会同珲春副都统依克唐阿重勘东部边界。第二年，吴大澂带人仔细勘查，发现根据《中俄瑷珲条约》，土字牌本应立于距图们江入海口20华里的地方，而当时却奇怪地立在45华里的地方。于是他上报朝廷，同时又据理力争，终于达成协议，正式签订《中俄珲春东界约》及《中俄查勘两国交界道路记》。我想象不出那是一场怎样艰难的谈判，结果是吴大澂在《中俄瑷珲条约》后将沙俄偷立于洋馆坪大堤处的界碑，移至“土”字牌现址，使我国边界线前移了8公里，其间还补立了11块界牌，收回黑顶子，争得图们江

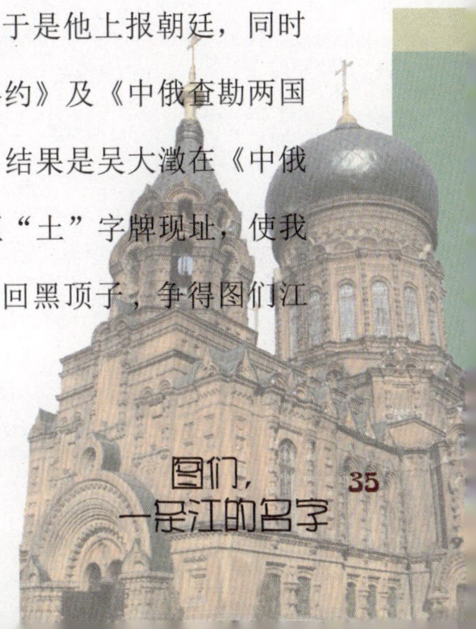

口通航权等。这次勘界签订的《中俄珲春东界约》中规定：“由‘土’字界碑至图们江口三十里与朝鲜连界之江面海口，中国有船只出入，应与俄国商议不得拦阻。”

民间流传“土字碑”的故事有四个不同的版本：一是说这块碑原来应该就在日本海边，是清朝的哨兵嫌巡逻遥远，把它往内移到现在的位置；二是说负责立界碑的几个当差因为喝高了，醉醺醺地把界碑抬到防川的洋馆坪之后，再也懒得往前走半步，让近在咫尺的日本海，成为可望而不可即的风景线；三是说被沙俄偷偷移到了45华里的沙草峰上；四是说守卫界碑的老人，为了朝廷重任，怕碑被江水冲走，把它背回到现在这山顶上，便于看守，至此大片国土沦丧。这四个戏说的版本无不传达出民间对清廷签订《中俄瑷珲条约》的嘲讽。

一眼望三国

YI YAN WANG SAN GUO

在这个“一眼看三疆风貌，两耳听三国鸡鸣”的狭长地带，一个“土”字包含了太多的痛苦和辛酸。一个从前原本自由渔猎的地方，如今只能是“听得到海的涛声，看不到海的浪花”了……“ 土字牌”见证了一部屈辱的中国近代史，即便隔了一百多年，当我凝视防川村山坡上吴大澂的石雕时，恍惚还能隐约读到他面容中流露出的忧伤！石雕高大、威严、个性鲜明，全无温文尔雅、风流倜傥的江南才子模样。我眼中的吴大澂方脸短须，双目炯炯，右手置于自己题写的“龙虎”石刻之上，神态凛然，仿佛正面对那场艰难的谈判僵局而慷慨陈词。他签订的《中俄重勘珲春东界约》，至此也成为中国近代唯一收复失地的“平等”条约。

吴大澂石像

现在，我站在防川边防哨所的望海阁上。在高处向东瞭望，传说

图们江千万年来静静地流淌，它要奔向远方的大海——那是靠近防川的日本海。

中的风光就像扇形的画面，随着目光徐徐展开。前方苍茫壮阔，左侧是俄罗斯，可以看到小树林与我方相连，只是俄罗斯那边的树木显得稀疏许多。树林边是一口湖泊，一栋栋俄式小楼散落在湖畔。在孤单的灰色小楼旁，烟囱是那里最高的建筑，那是俄罗斯边境小镇—— 包德哥尔那亚。它静静依偎着湖泊，散发出迷人的异国情调。小镇的远处是大片的滩涂、沼泽和海湾，更远处是淡蓝色的群山。中国国土与俄罗斯的土地相连，森林交错，小树的枝叶彼此随意伸过铁丝网。而右侧是朝鲜，图们江对岸同一片天空下，一衣带水的三千里朝鲜江山和我们一同沐浴在秋风中，朝鲜的豆满江市白墙黑瓦的民居隐约在灰蒙蒙的山影中……

望海阁下面是中国和俄罗斯之间的铁丝网、边防巡逻小道和浮土做的隔离带。据说面向俄罗斯的一面，是不允许穿红衣服的人站在那里的，那天恰好有一位女游客穿了件红衣服，哨兵发现后就坚决不允许她停留。我觉得非常惊奇，找机会询问了原因，原来中方需要和俄罗斯会晤时，使用红色的小旗来回挥舞，俄方看到后，就会安排时间在口岸上见面。而女孩子们的红色外衣，容易被对方误读为需要会晤的红旗。

图们江在“土字碑”以下一两百米处就由中、朝两国的界河变为俄、朝两国的界河，再流经 15 公里注入了日本海……这里是真正的金三角，一个图们江的金三角。

我相信“所有的历史都是当代史”，在防川，我又一次感受到历史与现实的关联，虽然明知历史无法假设，但我还是忍不住遐想：如果可以从图们江入海，吉林出口日韩的货物将无须绕道大连，时间将节省一半以上，也不再受大连港运能力的限制……

返程时我凝望着车窗外的图们江，心里依然在想着吴大澂……

只不过这一次俄罗斯在右侧，朝鲜在左侧，道路前方是东北亚地区的几何中心—— 中国珲春市。

珲春：东北虎活动最频繁的地区

HUI CHUN:DONG BEI HU HUO DONG ZUI PIN FAN DE DI QU

珲春地处中、朝、俄三国交界地带，是一座极具特色的小城。图们江和珲春河在此汇合，在图们江中间有一座大桥，那就是中朝国境线的圈河口岸。珲春给人的感觉大气而整洁，除了到处用多国文字标示的宾馆、酒吧，大街上和饭店里那些蓝眼睛、白皮肤的俄罗斯少女随处可见。俄罗斯商品店更是星罗棋布，到处都是韩国烧烤、朝鲜冷面馆、朝鲜狗肉馆。

珲春市极具俄罗斯风格的酒吧，是俄罗斯人经常光顾的地方。

珲春还是中国野生东北虎活动最频繁的地区，据说官道沟村有人曾被老虎咬伤过。村民自制滑雪板上山下套子，将收获的鹿肉装入背筐中朝村里走，在距村子两里路的地方与老虎相遇。他脱下棉衣点燃打火机，火尚未点着，老虎早已扑上来咬住他的右臂，他好像听到自己的骨头被咬断的声音。据村民回忆：“老虎的胡须有牙签那么粗，血盆大口从胳膊肘一直咬到肩胛骨。” 那只东北虎叼着他跑出一百多米后，将他重重地摔在地上，老虎低吼着，但没有再咬他，而是卧在背筐边贪婪地吃起了鹿肉。结果他侥幸死里逃生，当晚被人送进医院抢救……

相当于中国的六十年代

XIANG DANG YU ZHONG GUO DE LIU SHI NIAN DAI

午后乘车至图们市。“图们”为满语，意为河流众多。抵达边境口岸时，没想到天空居然飘起了细雨。对岸朝鲜的南阳市，竟像一个小村子，正笼罩在薄雾之中，光秃秃的山上只剩下一些低矮的灌木，山下稀疏地分布着几座白色的楼房，窗户残破……听说那些楼房大多是用来装点门面的，里面根本没有人住。相比之下，虽然图们仅是一座不知名的小城，但楼房林立，挺拔的海关大楼更是气派非凡。难怪今天坐出租车时，当我曾向司机打听有关朝鲜一日游的事，司机觉得很奇怪，撇着嘴说：“去那边干吗？没什么好看的，相当于中国的六十年代啊！”

黄昏时，我就要踏上前往吉林市的火车，我不知道图们江现在是否还有大马哈鱼洄游，是否还有自由唱晚的渔舟？

从松花湖到长春

一条浪漫的大江

YI TIAO LANG MAN DE DA JIANG

我乘坐从图们到吉林市的k7324次火车，半夜里有人在蛟河下车，而我的目的地是吉林省吉林市，那是一个美丽的小城，黑龙江的支流松花江自西南流入，在市内绕成一个“琵琶湾”，然后流经西北而出。这里冬天的“寒江雪柳”，被誉为北国一绝，指的是冬季松花江畔的树挂，也叫“雾凇”，由于独特的气候和地理条件，每年冬至后，雾和水汽上升，遇冷凝结在沿江的树枝上形成极为美丽的冰花。现在是清晨，江边的树透着浓郁的秋意，我却想象着即将到来的冬天，想象着那个奇异而洁白的冰雪世界。

行舟松花湖

从吉林市区到松花湖二十多公里，一路上，出租车司机不断向我讲述松花湖里的鱼是如何好吃。到松花湖的

松花湖俯瞰

“山门”前，出租车却没有停下来，司机与一个又黑又胖的女人打了个招呼，那女人朝门岗摆了摆手，车就进了“山门”。

一直以来我觉得发源于长白山的三条大江中，松花江的起源最为独特和浪漫！它的源头为长白山天池，从火山口湖泊北侧的一个缺口溢出，流过世界上最短的乘搓河，松花江江名由满语“松阿里乌拉”转译，意为天河。长白山天池瀑布飞流直下，形成咆哮的河流，原名混同江、鸭子河，到了大明朝的时候改称为松花江。当它途经悬崖、密林，在进入吉林省吉林市前，终于被大坝拦截，形成壮阔的人工湖—— 松花湖。没到松花湖之前，我老是在琢磨着松花湖与松花江的关系，其实松花江和松花湖的名字都源于湖两岸的茂密松林，当松花成熟随风飘落时，会顺着江水沿江而下，形成一道独特的风景。据说从空中俯瞰，整个松花湖就状如一条飞舞的蛟龙。龙首、龙尾甚至龙爪都能分辨个

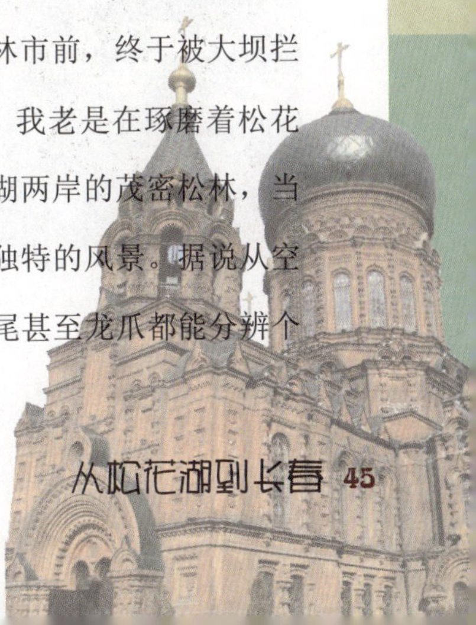

大概……

当我乘坐的“松航一号”开始切入温柔而广阔的湖面，其实我就已经进入了秋天的体内。环湖之上山峦起伏，而山已是那种青红、浅粉、鹅黄、黛绿、淡蓝各色相间的五花山了。等到船停泊在卧龙潭岛上，三三两两的游人闪入浓密的树林中，在这里我将用一个小时的时间登山，慢慢地打量一座绚丽的秋山。

拾阶而上，沿途落英缤纷，在山脚时，绿树中夹杂着红叶的影子，越往上走，红叶愈发明亮，阳光下可以清晰地看到叶脉上深秋的痕迹，而山势也随之险要起来。等到登上山顶，视野立刻变得空阔异常，俯瞰葱茏的松林和远山，其间蜿蜒着清澈的松花湖水，仿佛载着秋天在天边静静地漂浮……

松花湖五虎山秋色

食人鱼和水猴子

SHI REN YU HE SHUI HOU ZI

听船长说，松花湖的渔产十分丰富，松花湖的饭店以鱼餐为主，游客可以在这里品尝湖鲜美味。其中松花白鱼最为名贵，过去是清延贡品，只供皇族享用。有许多小贩把鱼烤成熟食叫卖，十元一条大鱼，味道十分可口。船长还告诉我：松花湖里有一种“食人鱼”，长三米，头部就有一米长，非常凶暴，据说有人下湖游泳被“食人鱼”咬伤溺水至死。据说有人打捞过这种鱼，可能是一种类似黑龙江的大鳇鱼（长约三米）。旁边的一个本地人补充说，有一次，一个女游客不慎跌入水里，旁人就使劲地扯着她的手往上拉，那女人体重也就一百斤左右，岸边水也过半米，但是四五个人使劲拉都纹丝不动，大伙知道，肯定是水里有东西。后来岸上的一个渔民见了，拿来一瓶白酒，用蒿子边蘸酒边往水里扔，才感觉水下的力量越来越小。终于一瓶酒撒光，大家才拉上那女人。一看她的小腿，周围的人都吓傻了，腿上有尖牙咬过的痕迹，一大片肉，竟硬生生地给咬了下来……那个撒白酒的渔民说那是水猴子，也就是平时说的水鬼，个头比普通的猴子小，但是爪大嘴大，满嘴的尖牙，要是在陆地上碰到，一个小孩子拿根木棒都能将它打死，但在水下，甚至一头黄牛也会被它活活咬死。

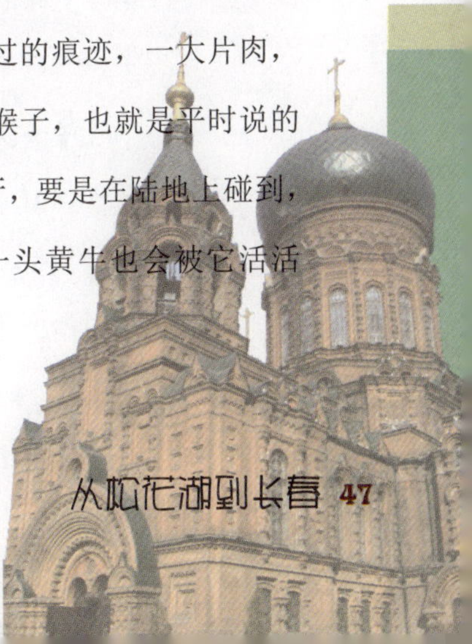

放排工和万人坑

FANG PAI GONG HE WANG REN KENG

松花湖沿湖有大小岛屿百余座，金龟岛、海浪岛、湖心岛、蘑菇岛……其中五虎岛是一座最著名的岛屿。

小岛分为东西两岛，中间以桥相连。秋天在这里变得宽广、纯净。我觉得自己正一点点消失在黄色、绿色和红色交织的气流中，只有闭一会眼睛，来延长光和色彩带来的幸福！落叶在风中发出“窸窸窣窣”的私语，正午的光线在每一片黄叶上爬行，小岛上的绿叶和黄叶组成了极富跳跃感的色谱。道路和树林的尽头是松花湖闪烁的蓝波！

我对五虎斗恶龙的岛名不感兴趣，我始终认为民间传说几乎是想象的产物，带有很强的随意性。但却对放排人的历史情有独钟，在松花江丰满大坝建成之前，夏天江面上有一种奇特的放排景象，人们习惯于将放排人称为“木帮”。从前木材运输全靠江河水道，松花江也就成了一种以流放木材而得名的“木帮”文化，沉默的松花江水见证了“木帮行”凄楚的生活，一首《木把这行不是行》的民谣是这样传唱的：“世上一行又一行，木把这行不是行。三教九流有名次，咱木把头排不上。少小离家闯关东，长白山里当木帮。十冬腊月踔山上，鼻子冻得像大酱，叫声爹叫声娘，回去看你没指望。”

木帮们大多是山东和关内一带闯关东的，往往是孤身一人，松花江桦甸过去有个叫“老恶河”的地方，是放排人最畏惧的激流险滩。据说在松花江古排道两旁，留着一座座荒凉的木把坟，在萧瑟的秋风中向后人叙说昔日放排的繁荣和木帮人鲜为人知的悲惨结局。

同船的一位当地人告诉我，吉林市过去称船厂，是造船的地方，所用的木材都是从长白山砍伐，靠松花江运输到这里的。庞大而宏伟的排队绵延几公里，浩浩荡荡穿行于崇山峻岭间。放排人吃住都在木排上，用干柴在其上引火做饭、取暖。

他说他爷爷曾是松花江上的一名放排工，对木排工人而言，最令他们心惊胆战的是闯急流险滩，如果木排不慎扎进江底的泥沙里或被岩缝夹住，就别想活着出来。在惊心动魄的放排过程中，放排人几乎一分一秒都不能松懈，要时刻抓紧舵把，就算能平安归来，也累得直不起腰了。放排其实就是赌命，有一次在“裤裆叉”，他爷爷的木排被夹住了，前边的木排头一停，后边的木排有如山崩般翻卷起来，向排头叠卷砸下，整个长排顿时灰飞烟灭，木头像散了花的火柴杆似的漂满了大江。当时木排上有四个人，其中三人转眼就没了踪影，瞬间就被大浪卷走，他爷爷仗着自己水性好，顺流漂了十多里才上了岸，捡回一条命。同村有个叫黄老二的后来也侥幸活着回来，但人已经吓傻了，神志不清，半年都说不出话来。他说放木排的人有很多口头忌讳，如“翻了”“散了”“完了”之类的话是绝对不能说的，有的船工甚至吃鱼仅吃一面，另一面动都不动，就是为了避开那个让人恐怖的倒霉字。当时流行一句顺口溜：“紧赶上，慢赶上，一年准有三千鬼祭江！”他还告诉我，松花江河灯从前是用糠皮子做的，

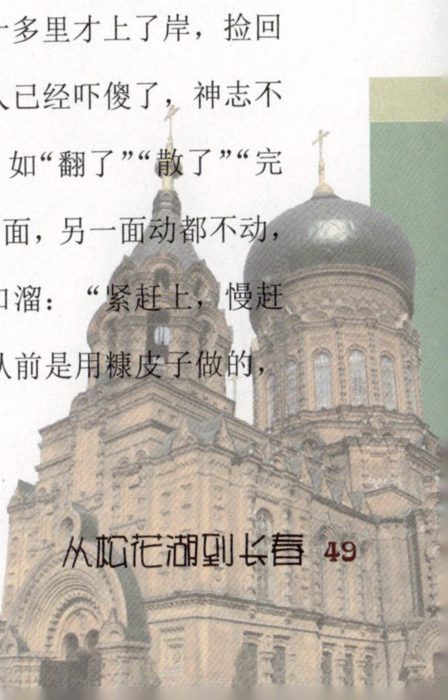

放在江里，一亮一亮地走。每年正月十五，吉林人放河灯，为超度祭典那些已故的放排人，据说淹死的人如果看到河灯就能转世“托生”了。

“我的家在东北松花江上，那里有成片的大豆高粱……”如果说四百多年前，阿什哈达摩崖下响起的锤声，是白山黑水的前奏，那么近代修建小丰满水电站开山采石的爆炸声则是另一种血泪凝结的声音。与其说那是一座钢筋混凝土的建筑，倒不如说是用中国劳工的白骨堆成的一座大坝，在丰满下游不远处的“万人坑”便是最好的历史铁证了……在三条一百多米长的天然沟壑里，掩埋的劳工尸骨竟达万具之多，那时由于生活条件极其恶劣，一天要从事十几个小时的繁重劳动，加上日本人的残暴，病死、饿死、冻死、累死和被各种惨无人道的酷刑折磨、迫害致死的劳工，全部被扔到孟家东山的沟壑里。

起源于契丹人的开江鱼习俗

QI YUAN YU QI DAN REN DE KAI JIANG YU XI SU

松花湖如今每年都举办吃开江鱼的美食文化节，其实“开江鱼”的习俗早在辽国的契丹人就已形成了。当时的风俗是，凿开厚冰后，由皇帝首先开钩，故称“头鱼宴”。辽国皇帝耶律天阼就多次参加过“头鱼宴”。据说如今的开江鱼节仪式由信仰萨满教的老渔翁主持，整个过程用双手抚摸开江冰、用开江水净手，以得到江神庇佑的同时，模仿赫哲族人醒网捕鱼的场景。坊间认为渔网放置了一个冬天后，就像人睡觉一样，现在要开始使用了，举行仪式醒网，也就是期盼能多打些鱼。按照传统的仪式，捕鱼人喝完一碗壮行酒之后，大喊一声 ：“下网了！”然后在鞭炮声中，踏上渔船，向松花湖心驶去……吉林民间所说的四大香有：回笼觉，开江的鱼，秋天蛤蟆，老母鸡。“开江鱼”就品质而言，鲜美无比。在北方，尤其是松花江流域，由于自然环境独特，冬季，鱼在水中休眠长达半年之久，耗尽了脂肪，吐尽了杂物，剩下的都是含蛋白极高的精肉，因此味道十分鲜美。想想如今，到处都是养殖的肥鱼，能吃到野生的鱼已是口福非浅，更何况是开江鱼了。现在，松花湖上远山无声，近水寂寂，几只水鸟伴着两艘渔舟搁在浅滩上……在我见过的人工湖中，恐怕只有松花湖才两岸山峰巍峨、岩崖壁立、秋色醉人、湖水磅礴绵长，竟达五百多公里。

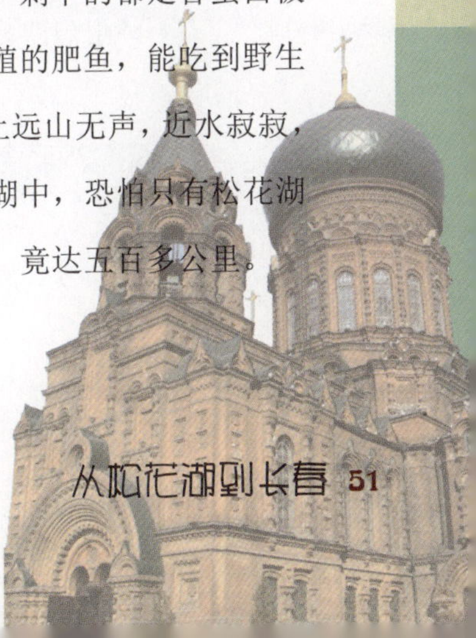

末代皇帝梦碎的地方

MO DAI HUANG DI MENG SUI DE DI FANG

从吉林市到省会城市长春，火车只要短短的一个小时。

长春是吉林的省会，它一度成为20世纪30年代中日抗战之前的“满洲国”首都，和沈阳一样，保留了很多当时日本侵华时期风格迥异的建筑。

长春给我最初的印象是城市平坦宽阔的道路，一个旅行者在长春街头会看到很多门面狭小，但装修时尚的小旅馆，房间虽小，设施却很齐全，暖气融融，有点像家的感觉，我觉得这一切挺适合在东北的风雪中游走的背包客。

每一座城市都有自己的气质和性格。长春作为一座年轻的北方城市，但拥有自己独特的城市文化符号。街上的汽车很多，以一汽生产的各类轿车为主，这也许是长春的一个特色吧。和所有的城市一样，堵车在上下班高峰时间中显得尤为突出，可能是由于东北人性急的原因，我感觉出租车司机都飞快地开着车，给人一种强烈的紧张感。街上不时看到公交车突突地冒着黑烟一溜而过。

但只要你询问当地人，他们都会自豪地说，长春是中国的三大摇篮——汽车工业的摇篮，电影的摇篮，光学的摇篮。大街上人们的脸上都带着轻松而恬静的笑容。

光复路的尽头就是伪皇宫，从历史的角度看这是个充满屈辱的皇宫，幽深而冷清的院落里，曾住着大清的最后一位皇帝—— 爱新觉罗·溥仪。他在这里消磨了14年光阴，直到离开傀儡“皇帝”的宝座。此时有寒鸦数点在高墙外飞旋，恍惚让人感受到末代帝王家的窘迫与仓皇。

溥仪在他的《我的前半生》一书中，描述过他居住在这里的细节：我不能过问政事，不能随便外出走走，不能找个“大臣”谈谈，所以当关东军那边的电流通不过来的时候，我就无事可干。我发展了迟眠晚起的习惯，晚上总要在后半夜，甚至过三点才睡，早晨要十一点才起。每日两餐，早餐在中午十二点至一两点，晚饭在九至十一点，有时是十二点。四点到五六点睡中觉。我的日常生活，除了吃睡之外，用这八个字就可以概括了，即：打骂、算卦、吃药、害怕。

长春是一座平原城市，街道平坦，而伪皇宫旧址却修建在高坡上，颇有俯视芸芸众生的意味。我没有去万宝街和平大戏院看原生态的东北二人转，也没有去净月潭公园，却来到了高耸着太阳鸟雕塑的文化广场，这里号称亚洲最大的市民广场。广场的一侧就是新民大街，“满州”的国务院，外表依然气派，只是再也找不到当年的风光，院子里寂静无人，只有满地狼藉的积雪。伪满遗迹八大部都在新民大街附近，混合东西方建筑风格，既有外观宏伟的大楼，又有垂花拱门的庭院。大街两侧是高大挺直的杨树，这八幢古朴楼房就藏在周围的松树、丁香树和杏树中，显得大气而和谐。

我始终觉得这座城市的气质大气内敛，沉静而闲适。长春人穿着不太讲究，打扮也不够时尚，但他们热情大方，像一群真正的东北人。

在长春休息一晚后，购买好前往加格达奇的火车票，在车站后面的小巷

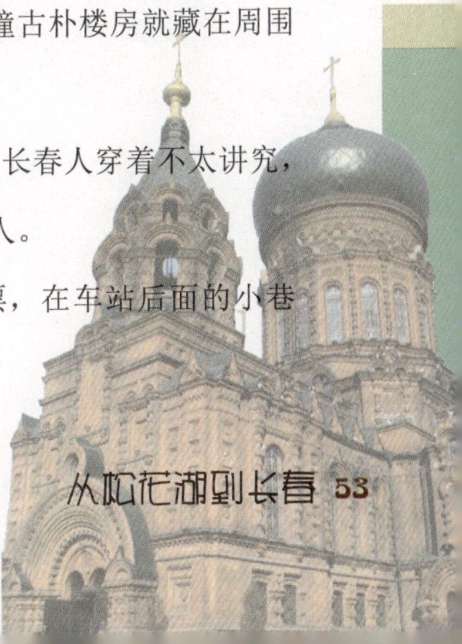

里，吃了一碗大碗面，我就站在立交桥上看缓缓流动的自行车车流。阳光打在脸上，凉风从背后吹来，我开始在车站漫无目的地闲逛，挤在热热闹闹的旅客中间，看东北汉子拿烧酒当矿泉水喝，看出远门打工的几个农民打牌，看推销袜子的小伙在起劲地把缩成一点点的袜子拉成一尺多长……人群中谁也不认识我，他们不知道一个南方诗人将要踏上一趟2667的火车，前去寒冷的漠河了！

松花湖令人沉醉的秋色

漠河：寻找中国最北的村镇

从加格达奇到漠河

CONG JIA GE DA QI DAO MO HE

加格达奇，地处黑龙江省西北部、大兴安岭山脉的东南坡，在鄂伦春语中，意为“樟子松的故乡”。

火车抵达时，加格达奇的凌晨显得过于安静，细雨雾一样弥漫在四周，雨雾使火车站看上去有些模糊，风像锥子一样钻进皮肤，我看见太阳从白桦林的后面闪现，那泛着寒意的橙色在树梢上闪耀着纯净的光。

离开火车站，前往步行街。街上除了戴白帽子、白口罩和橙红色马甲的扫雪的清洁女工外，再也看不见其他行人。我在这里仅停留一个多小时，早餐之后，就要前往一座更北的城市了。现在我看到屋顶和远山上的白雪，路边的矮松伸出覆盖着雪花的枝条，毛茸茸的，像是松鼠的尾巴。街道上依然空寂无人，清澈、高远而沉静，恍惚整座城市都浸在一个水晶砌成的梦境里。我沉默地踩着白雪，在街上行走，听着高高的白桦树顶上清脆的滴水声，感到这个早晨，这座即将醒来的北方城市蕴藏着一种神秘而奇异的力量。

从加格达奇到漠河，火车车厢外已是白茫茫的一片，到处是白雪、农舍与炊烟，传说中的大兴安岭就在眼前了。越往北气温越低，这个季节，车厢里的洗涮间和厕所都很容易被冻住，乘务员便拿着铁棒、铁槌一路敲击。车厢内的

大兴安岭地区人烟稀少，几十上百里都没有村屯，去北极村的路上，积雪覆盖了整个路面。

人彼此之间都很热情，外地人都是和我一样来找北的游客，那些短暂的相遇、温情和离别都恍如梦境。大兴安岭地区人烟稀少，上百里都没有村屯。铁路经过的小镇，一般都是以林场的名字命名，列车在崇山峻岭中逶迤前行，速度很慢，每小时不超过50公里。

这里是寒冷的高纬度，夏季短暂而美丽，一年中有大半时间雪花纷飞，冬天的严寒已渗入每一寸土地，透过车窗，阳光斜斜地洒在树梢上，在雪地上投下斑驳的树影。随着山势的起伏绵延，车窗外不时闪过成片的白桦林，那些密密匝匝的村庄，那些积满白雪的屋顶，那些被风吹散的炊烟……一切都因为阳光而存在，一切也因为阳光才透出生命的迹象！

一座被冰雪和火焰包围的城市

YI ZUO BEI BING XUE HE HUO YAN BAO WEI DE CHENG SHI

来漠河之前，听说过许多令人惊悚的故事，都与寒冷有关。据说在零下二三十度的时候，裸着手去抓楼门的金属把手会有黏黏的感觉，抓久一点就会被粘上。有个贪玩的小孩扒运货的卡车滑冰玩时，双手不幸被粘上了，一路就被卡车带着走，最终等到被人发现时，他还保持着半蹲的滑冰姿势，但人却早已冻僵而死了。平常户外冻伤最忌讳马上见热，如果马上烤火，冻坏部分非常

1987年的那场大火几乎烧毁了整个漠河县城和周边的森林，我现在看到的都是灾后重建的房屋。

容易坏死，那时唯一的办法就只有截肢了……

中国版图最北端的黑龙江漠河县城西林吉就坐落在群山之中，那是一座白雪覆盖、闪烁着童话般光泽的边陲小城。有首鄂伦春的民歌中唱道：“高高的

漠河车站，在黄昏的光线中显得神秘而寂寥。

兴安岭，一片大森林……”但1987年的那场大火几乎烧毁了整个漠河县城和周边的森林，一团又一团高达几十米，甚至上百米的火头，借助八级以上的大风，火焰飞过一百多米的河道，点燃了对面的山林，铁路、公路、河流，防火隔离带都阻挡不住大火的推进，那场旷世的大火整整燃烧了28天！我现在看到的都是灾后重建的房屋，透过街道两旁高大的俄式建筑，能让人感觉这个小城的时尚和活力，在市场里、流动的售货亭内、店铺中、飘着香味的小吃摊旁、

北极村是中国最北的临江村镇

在人群呼吸呵出的气中，漠河几乎让人感觉不出南北的差异了，除了白色的街道、白色的树木、白色的屋顶，所有的一切都已被白色团团包裹……

而北极村离漠河县城还有八十多公里，那是中国最北的临江村镇。不知从什么时候开始，阳光已收拢起翅膀，低低地浮在空中，寒风漫卷雪花，浓厚的阴云占领了整个天空，我乘坐下午三点半的客车前往，去北极村的路上，积雪覆盖了整个路面。

即使用清雪车清理了一些，仍留下一层厚厚的雪壳。过往的车辆根本无法提速，抵达北极村时天色已是昏暗不堪了。

神奇的极昼、极夜和极光

SHEN QI DE JI ZHOU .JI YE HE JI GUANG

漠河北极村的冬天非常漫长，最低气温曾达零下五十多度，夜长昼短，冬至前后白天只有短促的三个小时，当地人称之为“黑昼”。人们刚过下午三点便要往家里赶，若是碰上停电，点着蜡烛做事、吃饭是常有的事；卖冻鸡、冻鱼的完全不需要冰柜，只要往露天砧板上一搁就成……而与之相反的却是每年夏至前后，太阳北升北落，这里有将近二十个小时可以看到太阳，能同时欣赏到晚霞与朝晖并存的神奇的“白夜”。午夜向北眺望，天空泛白，如同傍晚或黎明，人们在室外依然可以读书看报。尤其夏至那天，是大兴安岭漠河县的北极光节，人们纷至沓来，彻夜狂欢。因此漠河又被誉为中国的“不夜城”和“极光城”。

漠河北极村

倘若幸运还会窥见异彩纷呈的北极光，据说当它在西边的天空出现时，成了一个色彩缤纷、奇异、变幻不定的光环，当它达到最灿烂时，光环又慢慢移向东方，渐渐变小乃至消失……

北极村那些积满白雪的屋顶，那些被风吹散的炊烟……一切都因为阳光而存在，一切也因为阳光才透出生命的迹象！

现在，我几乎将此行所带的衣物都悉数穿上：三双棉袜，两身保暖内衣、棉衣、帽子、手套、耳套全部派上了用场。当我走出车厢，就被迎面刮来的寒风冻得打了个冷战，虽然穿得像油漆桶似的，但真正来到漠河，仍然感到阵阵刺骨的寒意。风简直像一根根钢针扎在脸上，呼出的热气从口罩上方变成一条条飘曳的白烟，凝聚在眉毛、头发、睫毛上，在两三分钟内就结成了乳白色的疏松的针状冰晶。当我询问当地温度时，本地人总是说："今天不冷，才三十多度！"漠河人总是直接把零下给省略掉了。

这是一座有着一千多户人家的漠河乡，现已深深陷在皑皑的白雪中了，沿路的小木屋被厚厚的积雪覆盖得只能看见窗口橘黄色的灯光……等到进入小客栈，卸下背包，室内异常暖和，一进屋眼镜就蒙上一层厚厚的冰霜。看着店主人老金在火坑里不断添入木柴，窗外雪落无声，狗叫声像几块扔进暗夜的寒冷的石头，我竟有

风雪中的马匹

北极村农家院子里的大雪人

屋檐下悬挂的冰凌，在阳光下闪烁着奇异的色彩。

了一种风雪夜归人的感觉了。

早晨起来，我才真正看清了北极村。偌大的村子里到处白雪茫茫，居民的房屋大部分是砖瓦结构的平房。我喜欢在古老的小镇上行走，那些木屋的墙壁似乎已渗入了几代人的体温……现在，那么多原始的“木刻楞”房顶上，都驮着厚重的白雪。到处是扫雪的人，铲雪车在街道上发出低沉的声音，远处是雪中隐约的山峦，而高高的木杆顶端悬挂的红灯笼在风中不停飘摇……所到之处，当地人惊讶于我的南方口音，有人对

充满北国风情的狗拉雪橇

漠河北极村

桦皮船是中国北方渔猎民族以桦树皮制成的用于渔猎生产及水上交通运输的工具。桦皮船是用桦树皮手工制成，由船、船桨、小鱼篓三部分组成。船体长约两丈，两端尖翘，一人就能搬运使用。

我说：“冬天的漠河有什么可玩的？又看不到绿色。”东北人还用他们特有的幽默说道：“真要体会冷，到冰柜里体会就行了。”我不知道自己已有多少年没有看见雪了，记忆中南方的雪总是薄得可怜，婉约得像一小片指甲……

驴行北极，骑车四千公里

LU XING BEI JI .QI CHE SI QIAN GONG LI

步行三公里去看哨所，早晨的雪地上少有车辙，低洼处积雪深可没膝。路上我遇到浙江德清的一个驴友，小伙子是骑自行车进入漠河，他告诉我：两个月他骑了四千多公里。小伙子笑着说：“这段时间我可练成了骑行神功——轻功冰上骑。”见我迷惑的神情，他就解释道：“冰上骑行，其实最有效的方法就是放低坐包。坐包越低，重心越稳，心理越不害怕。当然骑得也越累。”他又说道：“最让人崩溃的是从满归到漠河，一路上全是那种布满冰凌的道路，这种路根本没法骑的，推着车脚下都打滑摔跤。有天傍晚，货架的螺丝又断了，而且是两边都断。更麻烦的是断头却怎么也整不出来了，出门前我的行李包中装着活口扳手、打气筒和补胎用品，后来终于在一个车铺里将车修好……有时遇到难走的路段，路面全是坑，不过我却没有太多感觉。记忆里最难走的还是根河到漠河那一段，翻山越岭的土路，杳无人烟的森林，连日阴雨……”

我体验过旅行中令人绝望的孤独，可还是忍不住问他旅途中感受。他说：“往漠河的路人烟稀少，路边的火车岗亭是我常去的避风港，守道口的师傅一般都喜欢热闹，因为他们一天也见不到几个人影。孤独时我特喜欢小动物，并且努力让它们也喜欢上我。我会喂路边的野狗，跟它们说话，等它们吃饱后舔

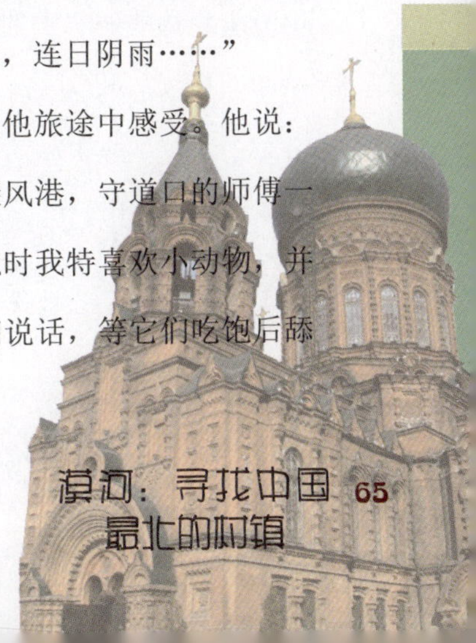

着我的手，我会变得很开心！有的狗狗会追着我的车子叫，其实它们并不是想咬我，它们只是对陌生人的好奇……”

他还告诉我：他是从内蒙古进漠河的，刚进入北极圈，零下二三十度的低温就一下子穿透两层手套扎到他的骨头里，才骑出几百米，车链子就掉了，那时根本不可能用手把链子挂上。他只好将车子扔在路边，跑步过去。他穿的鞋不适合雪地，到了当地人屋里，脸和脚都快不行了，在火炉边暖了一刻钟才缓过来。最艰难的时候是昨天，自行车的链条被冻坏了，他只好在雪地里推，推累了就扛，扛累了再推……可远处仍是无边的雪地。我注意到他的鞋子外套了几层塑料袋，用绳子扎得严严实实的。漠河的雪已积到了一尺多厚，我的防水鞋早已湿了，而他却始终安然无恙。后来回到旅馆，我仿效他的方法，没想到这一招还真的挺管用！

北极哨所：中国最北的一个哨所

在这滴水成冰的天气里，两个异乡人沿着黑龙江畔慢慢行走，我们都相信行走改变生活，只要不断前行，梦想就会在不远处闪光。

一条运送黄金的道路

YI TIAO YUN SONG HUANG JIN DE DAO LU

这一带阒无人声，雪在头顶静静地落着，江水在静默地流动，对岸就是俄罗斯的山脉，越过大山将是阿穆尔州的伊格娜思依诺村。这是中国唯一一条与省份同名的河流，黑色的河流在雪野中显得格外幽暗而深邃……自从俄国人发现了从西伯利亚到太平洋的捷径，这条江就开始记录一个民族的苦难和屈辱了。从《中俄尼布楚条约》之后，黑龙江以东的大片领土割让给俄国，黑龙江的源头成了撕裂内河的伤口，中国最北的边界也从外兴安岭退缩到大兴安岭，终止在黑龙江源头，而在附近的胭脂沟采沙淘金的全是俄国人贪婪的面孔。据说，光绪八年（1882 年）一位不知名的鄂伦春汉子死了一匹心爱的好马，他打算在漠河村附近的河谷选择一处葬马的地方，没想到几锹下去，竟然挖出了成色极高的粒沙金。消息不翼而飞，吸引了大批冒

冰雪覆盖的黑龙江畔

险者蜂拥而至。据史料记载："至光绪十年渡江盗采黄金的俄人招工四千余名，造屋七百余间，立窑五百余所，工商列居，俨同重镇，风声四播，遐迩悉闻。"在漠河村聚集的一万五千多人中，俄国人就占了半数以上。最后清政府用武力收回金矿，委派吉林候补知府李金镛到漠河主办矿务，但是出产的黄金却被慈禧用于换取美容用的进口胭脂。那条用数字命名的一连串驿站，就是当年北上边陲运送黄金的道路。

漠口三十站遗址

北极广场上刻有"神州北极"的碑石

黑龙江有南北二源，南源是流经大兴安岭西坡的额尔古纳河，北源是流经蒙古和俄罗斯的石勒喀河，这两条水量充沛的大河在洛古河村以西汇合后，始称黑龙江。在一块上书"神州北极"四字的石碑后面，一条冰封的大河躺在苍茫的天地之间，天空寂寥，野山廓阔。面对这条名列世界十大河流之一的黑龙江，我无意去探究那黑色的江水的来由，我宁愿相信它是在黑暗的历史中流淌得太久，沾染了太多血泪的缘故！

对着油箱喷火的司机

DUI ZHE YOU XIANG PEN HUO DE SI JI

踩在松软的雪上，脚步和意识都会变得恍惚起来。路上车辆稀少，但不时可以看到从远处林场或农庄驶来的一辆辆马拉爬犁，这是北极独有的特色。我老远就看见那辆往返漠河县城的大巴停在路旁，司机正拿着喷机对着油箱“开火”，看得我心惊肉跳。他大声地告诉我：“我要融开冻在油箱上的冰雪，再不抓紧时间，三四点钟天就要黑了！”据说这里的汽车在冬季，如果稍长时间不开的话，都是要娇气地住在房子里。怪不得连部队的军用悍马越野车，也要到这里来进行极限防寒检测。

漠河县北极村中国北极点

过北极点要经过一片树林，风吹过时，树梢上的积雪便“簌簌”而下。荒凉的风景有一种牵引人心的力量，听着脚步在冰凌和雪碴上“嘎嘎”作响的声音，我知道自己已站在中国最北的地方，站在“鸡冠之顶”上——最北的农家小院，最北的商店，最北的邮局，最北的小学，最北的乡政府……甚至最北的厕所！

漠河的雪野

漫山遍野的雪使大地变得冷寂无声，整个世界冰雕玉琢，那是一座晶莹剔透的迷宫！在这里万物萧瑟，时间分明已经冻僵，我想起女作家迟子建的文字：“当我七八岁在北极村生活的时候，我认定世界就北极村这么大。当我年长以

寒冷漫长的冬季，北极村的郊外显得寂寥无比，没有游人抵达的旷野，只有树木依然站在风中。

漠河的黄昏：夕阳将最后的余晖倾倒在冰河中

后到过了许多地方，见到了更多的人和更绚丽的风景之后，我回过头来一想，世界其实还是那么大，它只是一个小小的北极村。”是啊！世界那么大，而我现在只想沿着童话的岸边，做一场与大雪有关的梦……

阳光灿烂的时候，雪地呈现出迷人的层次和幽蓝的冷色调。

路旁的树木积满了雪，阳光抵达时投下长长的影子，细小的树枝在冰河上描画出微妙的阴影，仿佛东山魁夷画笔中静谧而澄明的世界，弥漫着一种清澈透骨的美。

冬天的漠河已进入了漫长的休眠期，雪落在岸边、土丘上、杂草中，呈现出一种蔓妙而温柔的曲线。自然界中所有的声音都已冻结，除了偶尔在空中投下几声乌鸦的叫声，只剩下辽阔世界的声音，那是远古的寂静。山泛着寒光，内河也早已停止流淌—— 它们只在冰层下静静潜流。而此刻，寒冷和每天仅有一趟通往漠河县的班车已与我无关，我只是将相机紧紧地捂在棉衣里，静静地等待着黄昏三四点钟的落日，等待那纷飞的白雪和夕光倾泻在冰河中。在零下三十度，在北纬 53° 33′ 30″，东经 122° 20'27.14″，一个名叫漠河县漠河乡的地方。

五大连池：上帝遗落的蓝琥珀

棒打狍子瓢舀鱼，野鸡飞到饭锅里

BANG DA PAO ZI PIAO YAO YU ,YE JI FEI DAO FAN GUO LI

漠河火车站有到嫩江的车，据售票员说行程约需13小时。这趟车是普快，我夹杂在打工、探亲、出差的人流中，开始背着沉重的登山包上车了。一到车上，我发现位置靠窗，心想，这回可以欣赏沿途的风景了。正当我卸下背包，准备掏出相机时，邻座一位姑娘马上过来搭讪了。“大哥，你看，我们是小两口出来的，买到的倒是联号的票。可是一看，隔着条过道。能不能帮个忙给换个座啊。”旁边一个戴眼镜的小伙子也凑上来恳求。看着一对小夫妻渴望的眼神，原本靠窗的位置，换成了挨着过道的了。

谁知我刚坐了不久，一对老年夫妻又上来商量换座了。看着他们满头的白发，我实在找不出拒绝的理由，拿了他们的票走人。结果，这次换成过道上的加座了。

加座边上也坐了一位单身的男士。我想，还是问一问吧，免得等会儿又得起身，我说：“朋友，你要不要换座啊？”

他侧过身说：“我一个人旅行，你是不是有女伴啊？那就换吧！”

一交谈，才知道他也是给人换了靠窗的座位，跟我一样被挤在狭窄的过道里了。

东北白山黑水，林海莽莽，从大兴安岭林区通向嫩江等地的铁路，处于严寒地带，冬季最低气温达零下五十多度，一些线路就修筑在冻土层上。在这样的季节出行，铁路与窗外的世界，像是一只浑身长满细密的茸毛的白色蚕茧。

一路上，火车吐着白烟前进，车轮在铁轨上飞旋，发出有节奏的“嘎噔，嘎噔”的响声，在这样的声音中，我间或抬头眺望一下旷野，然后又埋头闲读普里什文的散文。

整个东北，可以说是聚水而成的。黑龙江、松花江、乌苏里江、牡丹江、嫩江……大兴安岭西麓的水流进了额尔古纳河，东麓、南麓主要支流二根河、那都里河、多布库尔河、欧肯河、甘河、诺敏河、阿伦河、雅鲁河、绰尔河、洮儿河、霍林河的水却悉数注入嫩江。

据说嫩江的源头，隐藏在大兴安岭的伊勒乎里山南麓，被郁郁葱葱的森林遮蔽，但江水流出深山进入平原，一路上广纳百川，当它突然出现在眼前，足以让人手足无措。可以想象，旧时的松嫩平原充满寒流、飞雪和狂风，但更是一个湖泊星罗棋布、百草丰盈、人和动物和谐共存的天堂。而历史上，那些一度南下，饮马长窟，到中原争霸，建立赫赫霸业的东胡、鲜卑、契丹、女真诸族，也都与嫩江有着千丝万缕的渊源。其实，即使将嫩江列入黄河、长江、黑龙江、松花江等华夏大地的伟大河流中间，也毫不逊色。

当火车沿着嫩江平原的黑土地一路狂奔，看到大片覆盖着白雪的旷野和农舍时，我想起描述东北的那两句话：“棒打狍子瓢舀鱼，野鸡飞到饭锅里。”这是一片被大河养育的土地，它无与伦比的丰腴和肥沃。我想，即使随便插上一根木棍，恐怕来年也会长成一棵枝繁叶茂的大树！

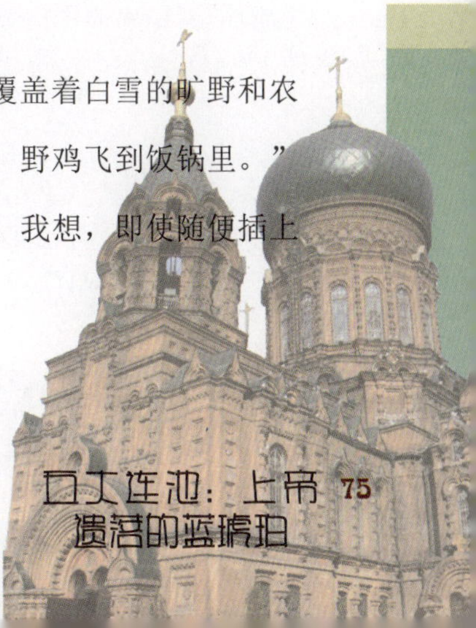

高大的白桦树，仿佛森林大家族中风姿绰约的美少女。

传说日本人曾经表示“情愿放弃日本也不愿意放弃东北”，只有当你目睹了东北的辽阔与丰饶，就会明白当年的满族人为何能建立大清，并攻入关内；日本人为何要以举国之力占领东北？

其实在北大荒垦殖之前，大多数地方人烟稀少，当地的达斡尔、锡伯、赫哲、鄂伦春、鄂温克、克尔克孜和满族人都只擅渔猎。据说达斡尔人对鱼类的习性非常熟悉。哲罗鱼较大，睡在河边就像死鱼一样，旧时人们就用绳套简单地捕捉它；鳇鱼一旦遇上攻击，总先用尾巴抽打一下，而达斡尔人就利用明亮而锐利的钩子。在冰钓期间，还会使用一种叫“达如勒”的鱼罩捕鱼。

嫩江一带流传着鲜明、独特的民俗民风：萨满文化、大布染蓝靛、满族刺绣、满族民居等。据说经典的满族民居如今在齐齐哈尔境内还能窥见，而大多传统建筑逐渐在人们的视线中消逝，只在岁月中留下一个渐行渐远的背影。

从嫩江县城中转至五大连池市，从气温上看，我已远远把北极圈甩在后面了，迎面而来的是消瘦的初冬，大地变得空旷无比。就是这片丰腴的黑土地，30 年前还被称之为“北大荒”，此时却袒露出最辽阔的真实，视野中只有泥土，漫无边际地铺向遥远的天边。而现在，暂时还找不到雪的踪迹，大地呈现本质的黑，世界沉默无比。我不由得惊讶于这巨大的黑和无边的沉默！

夕光中的白桦林

车子一到五大连池境内，窗外依然是无垠的田野，但我恍惚已经从远方黑色的火山阴影里，感受到炭火的气味了。

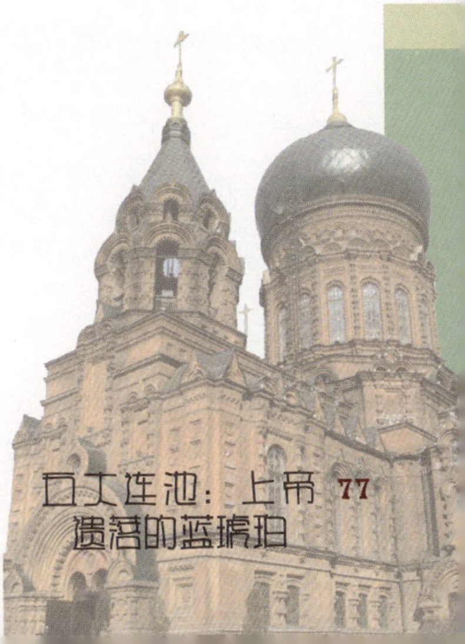

能用打火机点燃的豆腐

NENG YONG DA HUO JI DIAN RAN DE DOU FU

五大连池是一座新兴的旅游城市，主要建筑都是宾馆、疗养院、饭店和餐馆。街上摆摊的都是些中年妇女，卖的大多是木耳、蘑菇、干鱼等特产，一见有人路过，她们便蜂拥而至，争相兜售自己的产品。

黄昏时，我漫无目的地走在陌生的小城街头，突然发现了“王毛驴豆腐”几个大字的招牌，想起网上有很多的驴友推荐，说到了五大连池，一定要吃“王毛驴”家的豆腐。我发现店铺外已停了许多车，看来大家都是冲着他的名气来的。“王毛驴豆腐”的主人王文堂每天都用毛驴车装着自己做的豆腐沿街叫卖，坊间传言他的豆腐是用五大连池的矿泉水做成的，鲜嫩可口，入口即化。一个人居然把寻常的豆腐研究到了极致，什么天下第一鲜豆腐、五彩千张卷、美人豆腐等，豆腐宴的花样如今已达一百多款了，他用豆腐做的鸡鸭鱼肉，让人仿佛真能吃出其味。我听说他家的干豆腐可以用火点燃，一开始并不相信，以为是广告宣传，于是挑了个靠窗的位置坐下，好奇地问服务员：“你家的豆腐真能点燃？”服务员见我流露怀疑的神情，便拿来一块干豆腐，我特意撕下一角尝了尝，发现是真实的豆腐。此时，服务员用打火机点燃一角，没想到还真的烧了起来，着实让我大吃了一惊。

说“王毛驴豆腐”薄如蝉翼，其实并不为过，只要将豆腐放在报纸上竟然可以看清底下的文字。一种食品既神奇又美味可口，倘若弄个排行榜，我想他家的豆腐肯定会荣登榜首！那细腻、薄软、清香的口感的确令人回味无穷。难怪有人说，到五大连池，下水要下温泉水，豆腐要吃“王毛驴”了！

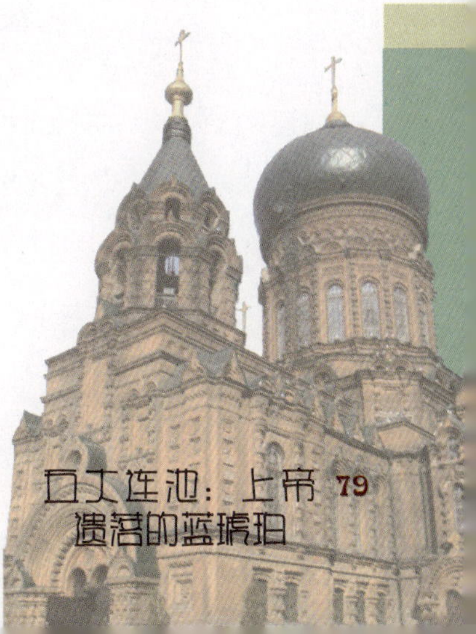

当年的北大荒和知青岁月

DANG NIAN DE BEI DA HUANG HE ZHI QING SUI YUE

嫩江流域向东南伸展就是著名的松嫩平原。当年无数知青曾在这里度过了生命中一段艰难的岁月。在我投宿的客栈中，老板娘就是来自上海嘉定的知青。闲来无事，她和我聊起了自己的知青经历：1968 年的冬天，一辆辆毫无遮挡的大卡车，载着一批来自上海的知青，晃晃悠悠地驶出嫩江火车站，迎着刺骨的寒风，钻进风雪弥漫的旷野驶向农场。农场把小学校和五座大仓库倒腾出二十多间房屋作为男女宿舍。睡通铺，吃食堂，深深融入当地人中间。记忆中最艰辛的是上山背树，常常是双腿累得抽搐，腹中饥肠辘辘，那时多么希望能在树荫下休息一会。但即使累得流泪，谁也不能掉队，那深山老林里传来凄厉的狼嚎，至今仍令人毛骨悚然。她说当上山下乡的浪潮席卷中国大地时，是青春的激情把她烧到了北大荒。

当她第一次面对漫无边际的黑土地时，记得曾是那样的激情满怀。当时宿舍还未建好，夜晚屋顶可以看到闪着寒光的星星。北大荒的土地太辽阔了，冬天的寒冷简直无法形容，劳动时一旦下雪，那铺天盖地的大雪，落到身上就会被汗水融化，外衣也被一点点湿透。等到气温下降，衣服上就挂了一层冰，像披了铁甲一般，浑身冷得发抖。

后来她在这里成了家，夜里经常梦见上海的亲人，但身为鹿场兽医的丈夫却死也不愿离开北大荒。

老板娘告诉我，如果有时间，希望我明年端午时节再来。她说，自古以来那几天都是当地人隆重的药神日、圣水节。每当那时，钟灵寺古钟长鸣，山下庙会的集市熙熙攘攘，牛马车、鹿拉勒勒车、赶集换山货的、烧香拜佛的、喝水洗泉的、卖药看蹦子戏、听书、算命、贩卖牛羊以及赛马摔跤的应有尽有。

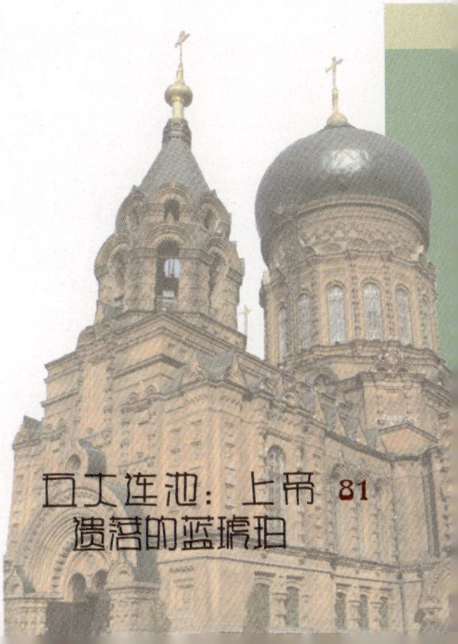

搭车旅行的四川厨子

DA CHE LU XING DE SI CHUAN CHU ZI

去温泊时，我搭上了一辆本地人的皮卡车，司机是位黑脸庞，拥有无比粗壮腰身的东北汉子，副驾驶座上已经坐着另一个瘦小的老人。我靠在皮卡敞开式的车厢里，车在摇晃，同时摇晃的还有那些持续涌来的美景，三百六十度的全景视野，我看着旷野上的风光在眼前不断地拉远或靠近……

同车的是一个四川的厨子，聊天时得知他是搭车旅行，他说自己摆摊卖凉面赚路费，在云南时租住的房子到期了，他也重新上路了。身上仅剩下五百元钱，带着行李箱，却扬言要搭车进漠河！他告诉我从四川离家后，一路上搭过私家车、政府机关车、警车、军车、货车、摩托、拖拉机等。有时一天能前行三百多公里，有时却走了不到五十公里。他还计划回老家办护照，准备明年去东南亚打工旅行。

四川厨子显然对沿途的景色充满饥饿感，一边大呼小叫，一边用他的佳能相机不停地拍摄。也许是受他的感染，我也掏出照相机，把背带缠在手腕上，用后背死死抵靠着驾驶室，取景，调光，按下快门，我知道旅行中的风景转瞬即逝，而汽车忽高忽低，忽左忽右。快门响过之后，我根本不知道取景框里到底记录了一些什么。

五大连池景区

车在风中前进，半小时后，皮卡的车胎突然爆了。司机铆足了劲也没能把坏轮胎拆下来，仔细看原来是螺丝打滑了，他愤愤地咒骂修车厂用了坏零件，然后用锤子把螺丝砸松，接着用扳手夹紧螺丝往外拧……皮卡车又开始轰响着前进了！

到了温泊，沿着木栈道进入景区，栈桥下有一眼深潭，就是温泊三潭中最小巧的“晶泊”。在这里可以看到温泊溢流中，静静的水晶般的景观。到过温泊的旅客恐怕都会惊讶它的“水下黄山”，那几乎是温泊潭水中的经典。当我从栈道的不同角度，寻找深藏在水底的山峰和云雾的幻影，听说它们四季晨昏都呈现出迥然不同的色彩，而且水泊中曾经出现过神秘的佛光。我不知道这些传言是否确凿？但在这个寒冷的早晨，寂静无人的温泊开始在我眼中变得神秘莫测起来了！

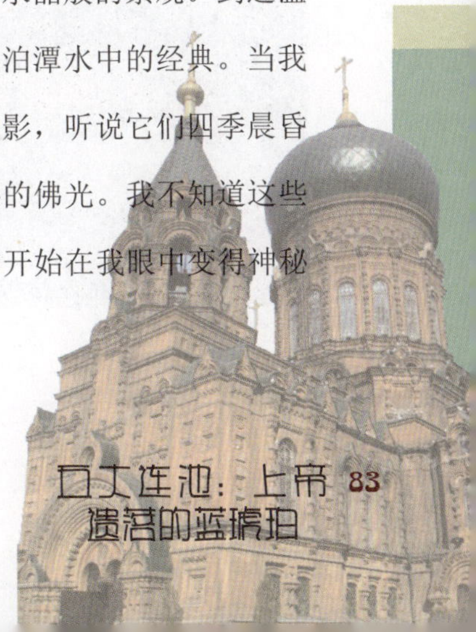

老黑山：一座休眠的活火山

LAO HEI SHAN: YI ZUO XIU MIAN DE HUO HUO SHAN

转车去五大连池，司机是位高大魁梧的东北汉子，他说到景区包车然后送回市内100元，我将价钱压到80元，司机很豪爽，只见他大手一挥，上车！他说，现在是淡季，就当交个朋友，反正闲着也无聊……

老黑山火山喷发口

我坐在驾驶室副座，见我是南方人，一路上司机不断给我讲述趣事。他说，冬天的北大荒，滴水成冰，零下四十度几乎是家常便饭。但严寒却冻不住孩子们的手脚。他们小时候，鞋子里总塞满了乌拉草。结冰的河面恍惚镜子反射着白光。村里的儿童坐着爬犁在冰面上滑行，脸冻得通红，身上却冒着氤氲的热气。尤其惊险的是俯卧在小爬犁上，将小腿跷起，沿下坡滑行，耳畔响着呼呼的风声，孩子们就这样在无边的冰雪中，在童话世界中快乐地滑翔。

世界上著名的火山都出现在绵延的山脉或起伏的高地中，而五大连池火山群，却地处松嫩平原的边缘，在苍茫辽阔的大平原上突兀耸立着 14 座拔地而起的火山。而五大连池是火山喷发后形成的堰塞湖，地方志中记载了火山喷发时惊心动魄的景象：“一日地中忽出火，石块飞腾，声震四野越数日火熄，其地遂成池沼……”“离城五十里有水荡，周围三十里。于康熙五十九年六七月间，忽烟火冲天，其声如雷，昼夜不绝，声闻五六十里，其飞出者皆黑石、硫黄之类，经年不断，竟成一山，直至城郭。”

我简直无法想象，屹立着眼前的 14 座火山已经有了一百三十万年历史。而老黑山更是一座休眠期中的活火山。我不知道它将在未来的哪一天醒转？甚至想象每到黄昏时，那如血的残阳，或许是它当年流淌在天际的火焰？

老黑山南麓的山坡完全呈黑色，好像刚被火烧过似的，山风吹得我脸颊生痛，沿途所见的火山痕迹都非常新鲜，无论是熔岩流，还是火山弹、火山砾、火山渣等都很少风化，一切都呈现出原始的风貌。

山谷中生长着茂密的松树和桦树，扒开积雪还可以看到直接附在岩石上的苔藓，半路上不断有灰色的小狐闪过，亮晶晶的眼睛，在松林深处打量着陌生

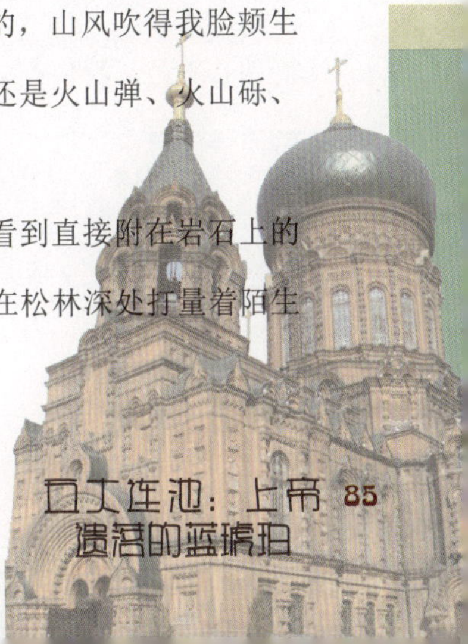

五大连池景区，图为在老黑山远眺。

的人类。

终于登上了顶峰，外观雄浑厚重、林木蓊郁的老黑山，没想到走近时却是个巨大的空壳，它包裹着一个直径三百多米的大漏斗，如同一头巨兽之口吞噬头顶的蓝天……俯身探视火口，只觉得它深不可测，视野中只有紫红、黑褐色的岩石和白色的积雪互相交织。巨大的熔岩和零碎的渣石仿佛在阳光下，散发着淡淡的硫黄气味。

此时，天地苍茫，平原上耸立的火山就像海中的一座座孤岛，我吃力地辨认着远方那五个著名的池子。头池、二池、三池、四池、五池，它们都在蓝天下呈现出冰莹透亮的洁白。五大连池是由五个相连的串珠状湖泊构成，而这些闪烁、晶莹的池子，犹如上帝遗落的蓝琥珀。

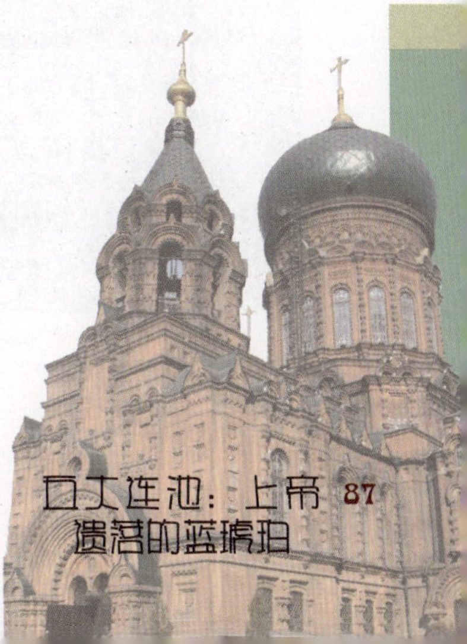

石海、火山弹、喷气锥、喷气碟

SHI HAI，HUO SHAN DAN，PEN QI ZHUI，PEN QI DIE

火山爆发时恢宏的场面，几乎可以在山脚的石海中找到答案—— 那是大片焦黑的熔岩，远眺却分明是一片黑色的大海，怪石嶙峋，恍惚百万年前红色岩浆喷发时，那轰鸣的波涛声还在耳边……

去附近的三池得经过火烧山，远远就可以看见它的两个溢口，沿途随处可见火山弹、喷气锥、喷气碟等遗址。

火烧山比老黑山年轻，但焦灼的火山口把整座大山劈为两半，裂缝狰狞得令人恐怖，山坡上遍布着大小不一的火山弹。司机告诉我："十四座火山中只有老黑山、火烧山和药泉山适合旅游，其他山都不通汽车，要想接近它们只能靠徒步穿越乱石滩。"

五大连池景区内的火山喷发遗址——石海

美丽而寂寞的三池

MEI LI ER JI MO DE SAN CHI

汽车在“三池”与“二池”之间穿湖而过，岸边有好几家“活鱼餐厅”，但每个餐馆却都紧闭着大门，不见人影，也闻不到一丝烟火。司机说，这季节想在这里吃活鱼，几乎就是梦想。他建议我抓紧时间游览“药泉山”，然后带我去一家风味独特的菜馆，他说在那里肯定可以吃到连池鲜活的鱼。

寂寞而宁静的三池，亿万年来都这样静静地躺在这片土地上。

我没有去药泉山和钟灵寺，也没有去喝到与法国的维希矿泉、俄罗斯北高加索矿泉齐名的药泉山的水。其实真正让我神往的是那潭美得令人绝望的池水。

五大连池的水在冬天并不完全结冰，天气越冷，池水反而呈现出一种摄人心魂的淡蓝色。在金黄色的芦苇旁，一条小船静静地停泊在岸边。

三池边风中飞舞的芦苇

现在，我长久地站在三池旁，因为芦苇，因为平静如镜的水面……这个午后，阳光暖和，湖面空阔，除了风的足尖涉过，出租车司机靠在座椅上瞌睡，只有寂寞的芦花在风中翻飞了……

扎龙：记忆中的那些丹顶鹤

一个悲怆的故事

YI GE BEI CHUANG DE GU SHI

嫩江离齐齐哈尔不远，火车只要四个小时左右，有年冬天我曾去过那里。在那座素有“鹤城”之称的北方城市，我的脑中时常回荡着一支哀伤的歌曲：

走过那条小河
你可曾听说
有一位女孩她曾经来过
走过那片芦苇坡
你可曾听说
有一位女孩她再也没来过
只有片片白云为她落泪
只有阵阵风儿为她诉说
—— 甘萍 《一个真实的故事》

关于丹顶鹤，那里曾发生过一个悲怆的故事：有一个叫娟子的女孩，她非常爱丹顶鹤，大学毕业后回到她从小养鹤的地方。有一天，她救了一只受伤的丹顶鹤。就在那只丹顶鹤痊愈将要被放飞时，她却不小心滑进了沼泽地。随着女孩的身体慢慢下沉，那只丹顶鹤不停地引颈哀鸣。看着已能展翅飞翔的丹顶鹤，女孩慢慢地闭上了含笑的眼睛。泥水淹没了她的头顶。许多闻声而来的丹顶鹤，在她遇难的地方盘旋哀号，久久不肯离去……

神奇的大鸟

SHEN QI DE DA NIAO

扎龙自然保护区，是中国最大的芦苇沼泽湿地，也是齐齐哈尔这座白色的城市的一个永恒的话题，而它的精灵，那些造物的杰作，就是美丽的丹顶鹤。

“扎龙”在蒙语里意为饲养牛羊的圈，达斡尔语里是指潮湿的地方。从齐市乘中巴或包车前往只需半个多小时。这里地势低洼，沼泽广袤辽阔，是众多鸟类和珍稀水禽理想的栖息繁殖地和许多跨国飞行鸟类的重要“驿站”。

冬季的扎龙，白雪覆盖着湿地、沼泽，视野满是白色的原野，白色的乡间小路，白色的屋顶和漫无边际的白茫茫的芦苇荡。

冬天的扎龙自然保护区，无边的白雪让它变得如同一个童话般的世界。

我到扎龙自然保护区时，正好赶上放鹤表演。远远地看见一群丹顶鹤飘然而下，它们展开抒情的双翅，在天空中划出一道道银色的弧线，

扎龙地势低洼，沼泽广袤辽阔，是众多鸟类和珍稀水禽理想的栖息繁殖地和许多跨国飞行鸟类的重要“驿站”。

每一个动作都充满了乐感。丹顶鹤飞了一圈之后就停在雪地上，当我近距离地观赏这种神奇的大鸟时，发现它们也用灰褐色的眼睛凝视着人类，并从容地展开巨大的羽翼。它们双腿和脖颈细长，在冰雪上像绅士般高贵而优雅地踱步，让冬季的原野一瞬间变得灵动起来。

扎龙自然保护区内的丹顶鹤

冬季的湿地白雪皑皑，但它们的羽毛却比白雪更白，没有一丝杂色。长而弯曲的黑色羽毛则像华美的裙子一样覆盖着尾部，鹤头上好像嵌着一撮殷红的绒球，那长长的喙、颈和纤细的腿，仿佛是造物主为了它在湿地中活动、觅食而精心设计的，无论它是静立或引颈婉鸣，一举一动都流露出超凡脱俗的气质。

丹顶鹤的双腿和脖颈细长，每一个动作都充满了乐感，在芦苇地和雪坡之间，它们是美的精灵。

几只丹顶鹤在芦苇荡上鸣叫、盘旋，我听到冲天的鹤唳划破雪野的寂静，在扎龙的天空中回荡。循声望去，那美丽的鹤顶，如同火苗般倏然消失在远处。《诗经》中对鹤如此描述：“鹤，鸣于九皋，声闻于野……”它们的叫声能传出三至五公里，以至有时我们听到鹤唳却不见鹤影。而现在，丹顶鹤就在不远处欢快地演奏着那古诗中的动人乐章。

我举起相机捕捉它们的动作和表情，而更多的时间里，我随着它们的脚步，不知疲倦地奔跑着，在芦苇地和雪坡之间。放飞的丹顶鹤在空中盘旋了很久，便陆续降落下来，翅膀上黑色的羽毛，犹如一把收紧的伞，当它们一只只飘落

丹顶鹤之舞

扎龙自然保护区内人工驯养的丹顶鹤

芦苇荡边漫步的丹顶鹤，一举足、一展翅都令人惊艳。

在雪地上，并在放鹤人的驱赶下向不远处的雪坡走去。一切恍惚一场戛然而止的演出，在场的每一位游客都如梦初醒。我不知道它是由什么进化而来，是哪一年开始降落在这片土地上，然后轻歌曼舞、筑巢产卵……我只知道，它们夏季生活在北方，冬天飞往南方江苏盐城的海边滩涂过冬。那是一条漫长而遥远的飞行路线，一年一度乐此不疲的远征与悲壮的巡回。

扎龙自然保护区上空飞翔的丹顶鹤，以前冬天都飞往南方江苏盐城的海边滩涂过冬。

据说全世界现在只有两千多只丹顶鹤，整个扎龙湿地大约有二三百只，包括野生和人工饲养的。其实，丹顶鹤是杂食性鸟类，并不是因为怕冷而迁徙，而是因为扎龙冬季河湖结冰，觅食困难。如今，自然保护区的工作人员开始人工驯养、繁殖丹顶鹤。一些丹顶鹤由候鸟变成了留鸟，守在这寒冷的冻土上，因此在扎龙的冬季也能看到它美丽的身影，被人誉为“丹顶鹤的故乡”。

动物世界的爱情：一生只寻找一个伴侣

DONG WU SHI JIE DE AI QING :YI SHENG ZHI XUN ZHAO YI GE BAN LU

六十多岁的许师傅一家在保护区养了二十多年鹤，他先后从事孵化、养鹤、放飞等多种工作。如今他和儿子常年24小时与丹顶鹤相伴，晚上轮班住在用茅草搭建的简易房里，他们开始摸索丹顶鹤放飞的经验，经他驯养放飞的丹顶鹤大多回归到大自然中。许师傅告诉我，人们繁育丹顶鹤，其实是受益于狐狸。鹤筑巢产卵时，如果被狐狸发现巢穴，它就会趁雄鹤外出之际，躲在草丛里用尾巴摇动惊扰孵蛋的雌鹤，雌鹤出于警觉离巢查看。那时，狐狸就会悄无声息地绕到巢穴中偷吃一只鹤蛋。而雌鹤回到巢穴，往往对丢失的鹤蛋视而不见，不久又会再生一只，狐狸又故技重演。如果它一次把两只蛋全都偷走，丹顶鹤就会感到巢穴的危险，开始到别处筑巢，从此便很难找得到它们的踪迹了。

丹顶鹤引颈长鸣，引颈婉鸣，一举一动都流露出超凡脱俗的气质。

他还说，丹顶鹤属于单配制鸟，虽然它们的平均寿命是六十多年，可一生只寻找一个伴侣。在扎龙自然保护区，据说有只雄鹤因食物中毒死亡，它的伴侣——那只雌鹤等它三年未归，竟然在绝食中孤独地死去。

扎龙自然保护区，是中国最大的芦苇沼泽湿地，这是丹顶鹤栖息的理想场所。

丹顶鹤是一种非常有灵性的鸟类，在扎龙，还流传着这样一个故事：那是一个风雪弥漫的黄昏，一只丹顶鹤在空中盘旋时，突然一头扎进了保护区附近的村庄，最后坠落到院子里，农家的主人见状赶紧通知保护站，人们赶到后发现，那只丹顶鹤并无外伤，只是显得非常疲惫，有人认为它可能是太饥饿了，于是拿了自家的苞米来喂。可等到第二天早晨，人们却发现丹顶鹤不见了，于是四处寻找，最后在一片芦苇荡中发现了它，当时大家都蒙了，只见那只丹顶鹤围着另一只趴在地上的丹顶鹤急转，不停地用低沉的声音叫唤，而那只已经僵硬的丹顶鹤，它的翅膀上已经覆盖着一层厚厚的冰雪。当大家掀开它的身体时，所有在场的人都惊呆了，原来趴在这里的那只母鹤，它的身下竟躺着一只幼小的丹顶鹤，它们的身体已经紧紧地冻在一起，那一刻，现场寂静无声，大家都停止动作，伫立在这对母子身旁，以手掩面不忍再看……

近年来，扎龙缺水甚至燃起大火，随着湿地的破坏，丹顶鹤已越来越少了。在零下二三十度的世界里，我的眼中只剩下两种颜色：白色的雪和黄色的芦苇。而那些大地的精灵，天空的诗行，相信它还会飞回来，在黑龙江松嫩平原，在乌裕尔河下游的湖沼、苇草中，一抬头，一举足，一挥翅，一跳跃，像一片巨大的雪花悄然飘落在我的脚边。

举债拍鹤的奇人

JU ZHAI PAI HE DE QI REN

时间已经过去了一年，我不知道那位举债修建扎龙梦鹤苑的摄影师王克举现在生活得怎样，为了拍鹤，两年时间，他就去过扎龙五百多次，有时一天竟往返两三次，那辆旧斯克达轿车被他当作越野车使用。

他曾让助手将他“扔”在扎龙腹地，身上盖着厚厚的草，一整天都趴在湿地上。零下二三十摄氏度，一般的相机都要受到影响，常常拍摄半个多小时就冻得失灵了。后来，他居然给相机做了一件小棉袄。这位体重近一百公斤的东北汉子，患有严重的气管炎，一遇冷风就咳喘不止，我记得他说话时，胸腔仿佛风箱一样嘶鸣着……

三月份是丹顶鹤交尾的一个季节，为了拍摄到精彩的野外镜头，他每天都起得很早，把车开到芦苇荡旁边，扎龙的三月，积雪依然很厚。他终日背着三脚架，携带着沉重的长镜头奔波在雪地里……记得我离开扎龙的时候，他的老爷车终因积劳成疾报废在路上了……

走进红松的故乡——小兴安岭

等车时，发现了一个消磨时间的好方法

DENG CHE SHI ,FA XIAN LE YI GE XIAO MO SHI JIAN DE HAO FANG FA

从嫩江到黑河的汽车早上八点钟发车，我迟到了半小时，下一趟要等到十一点，候车室简陋而灰暗，大厅里并排放着十几张长椅，挤满了南来北往的旅客，我赶紧找了个稍微宽松点的位子，将背包放在上面，将身子斜靠在背包上。候车室没有暖气，中间有个大铁炉子，离得远点依然冻得瑟瑟发抖。闹哄哄的候车室里人声嘈杂而语调各异，就像是一座现成的大戏台，各色人等在串演着不同的角色。有要饭的乞丐，有伸长着脖子在读墙上的车次播报的外乡人，每个人都背着大包小包。一个带着东北口音的中年妇女有急事没赶上汽车，因为心里有气，嘴上一直骂骂咧咧的，跟身边的每一个人诉说她的遭遇，不断地抱怨这个县城车站的服务质量。一个年轻人左手拿着一个杂志，右手却在抠脚丫，候车室的广播响了，只见那手不断上移，他竟然将那充满了浓重气味的手放在鼻子底下闻了闻，然后再慢慢地穿上袜子，细细地整理衣服，从头至尾都没有理会过旁人的注视。车站里的人都疲倦不堪，鲜有神采飞扬的人。连美女都面带疲惫，更别提那些欠缺修养的男人了。无聊的等待中我发现了一个很好的消磨时间的方法，那就是观察人们的表情和肢体动作，然后猜测他的职业。

车站永远是世界上最忙碌的地方，人潮涌动，迎来送往。而候车室像个巨大的胃，不断地吞吐着旅客，也许只有在这里，每个人都在为自己心中的目的地而守候着。

万一遇到熊怎么办

WANG YI YU DAO XIONG ZEN ME BAN

黑河是中国高纬度的地区，与俄罗斯阿穆尔州首府布拉维尔申斯克隔江相望，临街秋叶满树，似乎寒冷的冬天尚未光顾这座边陲小城。它只是我旅途中的一个驿站，我的目的地是小兴安岭，从这里转车去嘉荫，长途客车沿着边境线足足行驶了七个多小时。嘉荫是黑龙江畔的一座小城，也是白垩纪晚期“恐龙的故乡”，作家苇岸在《美丽的嘉荫》一文中有个美妙的比喻：“嘉荫仿佛是一个蹲在黑龙江边上的猎人，它的背后，是莽莽苍苍的小兴安岭……”只是今天，这个猎人把帽檐压得太低了，阴云低垂的日子里，黑龙江和小兴安岭的森林都弥漫着氤氲的雾气……

黑河与俄罗斯阿穆尔州首府布拉维尔申斯克隔江相望

我向售票员打听嘉荫的鄂伦春人，原本美丽的想象再次被无情地击碎了，她说穿兽皮戴鹿帽的鄂伦春猎手连她自己都没见过，不过我并不觉得很失望，也许一切早在我的意料之中。

一场深秋的雨水使这座小县城充满了凌乱的落叶，它与苇岸的笔下的嘉荫相去甚远，似乎已经乏善可陈。中午，我坐在车站对面的小饭铺里，一边喝大碴子粥一边仍不死心地向店老板打听，老板搓着手说："嘉荫县的鄂伦春族就在胜利村聚居，黑龙江的整个鄂伦春族只有两千人，这两千人里面有多少纯正的鄂伦春人就更难说了。鄂伦春人和其他民族的通婚比较普遍，他们后代的户口本上登记的几乎全部是鄂伦春族，就因为国家对鄂伦春族有补助。"我疑惑地问："鄂伦春人现在还有打猎的吗？""打猎？都什么年代了！"因为下雨气温下降，店里食客稀少，老板也乐意和我攀谈，他告诉我：前些年已经开始全面禁猎，猎户的枪支都要上缴，以前经常有鄂伦春猎人穿着兽皮，骑马背枪从山上下来打酒，他们性格暴烈，嗜酒如命，汉人一般都敬而远之。因为手里

夕光静静地洒在黑河上，一个无比美丽的黄昏，足以让旅人在这座边城停下行走的步伐。

都有枪，再加上枪法又准，甚至有些猎民已经喝得东倒西歪了还持枪拦车，不要金钱只要美酒，野蛮得可爱！但现在他们已经放下猎枪拿

暮色笼罩着黑河，似乎寒冷的冬天尚未光顾这座边陲小城。

起了锄头，他们的后代都脱下兽皮穿上西装，已经看不出同汉族人有什么区别了。据说最初鄂伦春人不习惯住房子，只把牛马关进去，自己仍然住在“撮罗子”里面，“撮罗子”就是那种像圆锥体的简易棚子，用长木杆和一些桦树皮、兽皮之类的东西搭建而成。

我好奇地问他：“你们东北人进深山老林，万一遇到熊怎么办，听说装死已经不灵了，现在熊都学精了。”老板听了哈哈大笑：“有熊吗？不过我倒听伯伯说过，遇到危险就上树，当然熊也会上树，但只要你把帽子或大衣扔给它，它玩腻了就走了……”临别时老板劝我：“去胜利村路不通，没车。就算是去了也看不到什么！”

午后转车继续前进，目的地只有一个——小兴安岭！过汤旺河，沿途几乎看不到大树，秋天瘦得只剩下骨骼了，而暮色却早已笼罩了大地，冷风袭人，

车在山道上不断盘旋，不幸遇上了堵车，不知过了多久，车队才开始缓慢地蠕动，抵达伊春时已是夜晚。天上下着雨，我在停车场对面发现了一家招待所。准确地说，是先发现了招待所的招牌。因为招牌是灯箱做的，在黑夜里格外显眼。招待所的两扇大铁门虚掩着，我推开一扇走了进去，里面是一个挺大的院子。我朝着一间有灯光的屋子走了过去。敲了敲门，出来一位长得像印第安人似的东北大妈。还没等我开口，她就用东北话问我，是不是住宿的？当她将我带到房间后，我才感到后悔万分：那是我迄今为止，住过的最肮脏的招待所。

鄂伦春人曾经居住的“撮罗子”

一进那屋，一股刺鼻的气味直冲鼻孔。如果此时有人告诉我，这个房间以前是用来养牛的，我想我绝对不会有任何怀疑。东北大妈提了一瓶开水过来，然后把房间的钥匙交给我就走了。

窗外的雨声越来越大了，我只能把背包御下，用手摸了摸床单，手上立即粘了一层灰。再看看那被子，有些地方还油腻发亮。我估计这床单和被子自打来到这个世界后，就从没洗过。看到墙壁上，竟然还留着歪歪斜斜的文字，内容大略是某人某年某日到此一住。想到这“牛屋”原来也是住过人的，我便和衣躺在床上，迷迷糊糊地在雨声中睡着了……

肩上长着“血蘑菇”的伐木工人

JIAN SHANG ZHANG ZHE "XUE MO GU" DE FA MU GONG REN

在伊春的几天里，我认识了开出租车的张师傅，典型的东北汉子，一米八二的个子，四十多岁的男人内心却柔软得像个小姑娘似的。有次我租车去伊吉密河，回来都近中午，张师傅再三邀请我去他家吃饭，他家住在棚户区，再过半年这里将要搬迁，张师傅显然对棚户区充满了感情，盘腿坐在他家温暖的土炕上，他妻子在厨房里不断忙碌。同别的东北人不同，他滴酒不沾，他告诉我年轻时失恋喝伤了，有段时间天天一斤多白酒。张师傅的父辈都是林区的伐木工，那时，伐木工人都住在帐篷里，床是用树桩树枝搭的，用麦秸铺成，帐篷是毡棉帆布做的，能挡住零下三四十度的严寒。那时候他不会抽烟，每次去林区都觉得在矮小的帐篷里弥漫着蛤蟆头土烟呛人的气味。

伐木工用刀锯把高高耸立的树木锯倒，截断，运下山。碰到粗壮的大树，就要用双人锯或油锯来操作。那时油锯很少，主要靠人力。树木将被锯断，“嘎嘎”作响将要倒下时，为了附近作业人员的安全，锯木人要大声喊叫发出警告。按树倒的方向，喊叫也不同。树往山顶倒，就喊“上山倒——”，树往山脚倒，就喊“下山倒——”，树往山腰倒，则喊“横山倒——”。一听到喊叫声，在附近走动的人，就会赶紧离开。有一次，锯木人也许是累了，忘了喊，大树倒

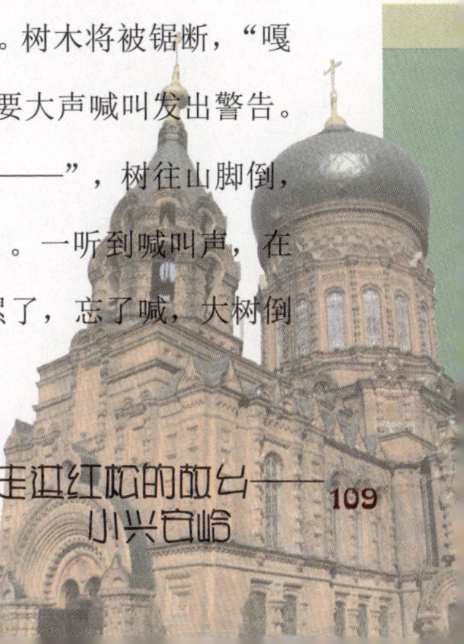

下时，正好砸倒了人，那人当场气绝身亡！

我问他："那你在林区干过吗？"他说："干过一阵，十七八岁时。你看我的胳膊三角肌和二头肌特别健壮有力，就是那时练出来的。"

"我的工作是锯木劈柴，帐篷里放两只用汽油桶做的大炉子，夜里把铁筒烧得通红，整个帐篷里暖和得很。"他接着说，"伐木场虽然有一台吊车，但大部分木材要靠人力装车。八个人抬木头，靠一个人喊号，统一步调。那时我十八岁了，抬的是分量较轻的第三杠，我有时也扯开嗓门喊起来：'哈腰挂哎！——嗨！''长腰起啊！——嗨！'干重活时，喊响亮的装车号子，是很痛快的。'齐步走嘞！——嗨！''把住杠吆！——嗨！''向前走哇——嗨！''莫着急呀——嗨！''进车皮咯——嗨！''小心放呀——嗨！'……号子指挥着作业，没在林区干过的人体会不到它的重要性。"

张师傅比划着双手继续说着："林场里的木头堆高了，就要上跳板，而上跳板是最危险的。八个人像是拴在木头上的八只蚂蚱，只能齐心协力。上了跳板，假使有人吃不消，也要硬挺着扛上去，否则，只要有人一扔杠棒，其他的人就会被原木压残甚至碾死。听说汤旺河那边的林场有一对父子抬木头，父亲上跳板的时刻，力气吃不消停住了，此时倘若父亲一撂扛，后背的人都会有生命危险。当时儿子就急红了眼，骂起了老子：'你他妈的，给老子挺住！'做父亲的撑着老命扛下去，大口的鲜血从嘴里喷涌而出，儿子哭着给他的老父亲跪下了，其他的人得救了，父亲却倒下了……林区伐木工人肩上都长有一个'血蘑菇'，他们用杠棒沾着血水抬上几年木头后，肩上就会长出一块鹅卵石大小的疙瘩。而号子头的"血蘑菇"会更大更硬。以前号子头死后土葬，身体腐烂了，但是'血蘑菇'却很长时间都不会消失。"

一年只生长几毫米的树

YI NIAN ZHI SHENG ZHANG JI HAO MI DE SHU

我去小兴安岭其实只是为了看一眼红松。

红松生长在中国东北、朝鲜、俄罗斯的远东、日本北海道，是一种古老的树种，和水曲柳、核桃楸、黄菠萝、紫椴、色木槭、山葡萄、北五味子、狗枣子、人参等一起躲过第四纪冰川，在北温带针阔混交林中，红松可以说是是森林沧桑的见证者。而五营国家森林公园有着“红松故乡”的美誉，是亚洲最大的红松原始林集散地。从地图上看伊春市就坐落在小兴安岭峰峦环抱的山坳里，它的周边是苍茫的汤旺河、乌伊岭、五营国家森林公园……

海德格尔曾说，森林是人类诗意安居的地方，是令灵魂安顿的地方。从伊春到五营区六十多公里，张师傅把车开得飞快，他告诉我天气越来越冷，出租车生意惨淡，过几天这里拍电影，他会去当群众演员，一天五十元，还管饭呢！

道路是时间的另一种形态，在这条通向大森林的道路上，我发现时间渐渐变了颜色。小兴安岭的山势十分平缓，没有想象中那样陡峭，满眼是连绵起伏、林木繁茂的山峦。与大兴安岭相比，这里的树种更加丰富，因此它的深秋并不显得萧条。在这里，时间似乎已重新后退，奇迹般地把绿色重新带回到我的眼前……

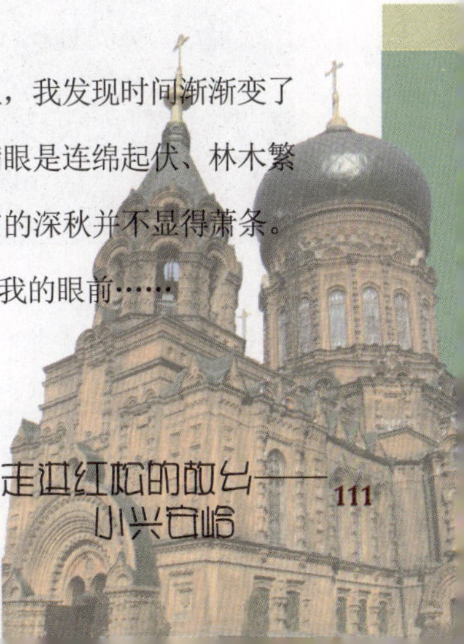

沿着蜿蜒曲折的木栈道前行，过松乡桥便可进入遮天蔽日的原始森林了，这是我见过为数不多的真正的原始森林。在阴暗的林中穿行，透过树梢间的一缕缕光线可以看到满地的松针，白桦亮丽的躯干与红松鳞片状的树皮，让这座森林妩媚和沧桑并存。红松和冷杉都把各自的躯干生长到能吸收阳光的高度，那一棵棵上百年树龄的红松，高达几十米，须两三个人合抱的大树随处可见。它们散发着松脂特有的芳香，抬头仰望，竟觉得有些头晕眩目，仅能从树木的缝隙中窥见一线湛蓝的天空。五营国家森林公园中还有几千棵原始红松，树身上有标志牌，除编号外，还有胸径、年龄记录等，一颗六百多年的树王，胸径已超过一米五十。六百多年的生命，一棵来自遥远的明代的红松，现在依然显得年轻而枝繁叶茂 ，在它的四周还生长着许多

“少奇号”蒸汽机车——20世纪60年代，刘少奇曾乘坐此车时用于运送木材的小火车视察第四林场。

一棵已有六百多年历史的树王，在大森林里，漫长的岁月堆积成寂寞的年轮！

二三百年树龄的其他树种。北方气候寒冷，据说红松每年只能在无霜期里扩张一二毫米，生命的年轮缓慢得几乎让人感觉不到它在变粗。通往红松林深处的路都是由原木铺成的栈道，栈道下长满了苔藓和蕨类植物……

只有登上四十多米高的观涛塔才知道森林的浩瀚，此时，远处起伏的山峦完全被绿树覆盖，风吹林海，低吟的松涛发出震撼人心的节奏，那是一片令人心惊的凝固的海潮！阳光和云彩在树冠上飘过，一棵棵高大的树木汇成无边的森林。双木成林，三木成森，祖先在创造汉字的时候，就早已赋予它最稳固的结构。也许只有走进如此庞大的森林才能理解群落的含义，它的庞大在地面上无法感知，整个国家森林公园有一千多平方公里，鸟语林、杜鹃园、虎啸山、天赐湖、森林浴场……毫无疑问，我看到的只是冰山的一角！

寂静的林中小屋，居住其中的守林老人早年是鄂伦春族的猎户。

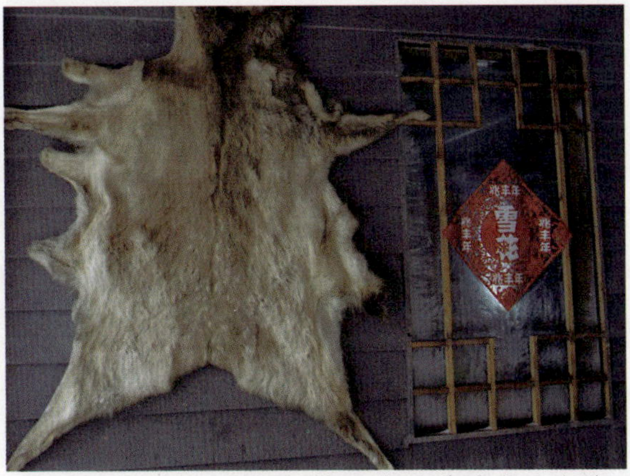

守林人的小木屋的墙上悬挂着兽皮，在禁止狩猎的今天，能让我们想象鄂伦春人啸傲山林的远去的时光。

张师傅把我领到一座林间小屋前，一位猎户打扮的老人开门出来，招呼我们进屋。老人早年是鄂伦春族的猎户，已经七十多岁了，祖祖辈辈生活在小兴安岭，是这里的守林人。他的家在十里之外的村中，每天早出晚归，在这里守护山林已经几十年了，冬季是山火多发季节，守林人有时也会睡在林子里。老人告诉我，每当夜幕降临，那些野兽的叫声，从远到近，听得人毛骨悚然。

2005年的飓风，林中共有一千多棵红松折损……

在通往“天赐湖”的道路上，被风刮倒的红松触目惊心。最让人惋惜的是一棵树龄七百六十年、胸径超过一米五十的“树王”，在2005年的飓风中倒伏，那一次，园内共有一千多棵红松折损……在静谧的原始森林中穿行，阳光静静地洒下来，使林子变得斑驳陆离。我一直觉得小兴安岭是雄性的，除了白桦——这个森林家族中妩媚的少女，除了木屋、小松鼠不时在松木腐烂的气味中闪烁，那些高耸入云的大树，它们缓慢地生长，然后倒下，腐烂，一切都悄无声息。看着爬满苔藓的树干，恍惚时间只是亘古不变的日出日落，花开花谢……

起风了，森林中开始变冷。

我站在一列叫“少奇号”的火车头旁，当年大批的红松被砍伐下来后，都是由吐着白汽的蒸汽小火车运向远方。普里什文说过：“森林是从来不空的，如果觉得空，那是自己错了。”即使在深秋，即使在森林日益萎缩的今天，小兴安岭的五营国家森林公园依然将松涛和令人沉迷的气息注满我的行囊！

沿着乌苏里江漫游

再开就要闯祸了

ZAI KAI JIU YAO CHUANG HUO LE

“同江，同江！马上走！”佳木斯司机招客的声音很响很粗犷。我一个人背着个大包，在车站踌躇不前，有好几个东北人硬扯着我上了车，一问才知到同江还有二百三十多公里。

车子离开佳木斯市一个多小时后，突然觉得车窗很模糊，外面的景物看不太清楚。天啊，原来起雾了。可更糟糕的是，此时车上刮雨器也动不了了。我坐在前排，发现路上的雾越来越浓，车灯打着，只能模模糊糊地看到一片区域。司机不断擦拭着车窗，但是车窗外仍模糊一片。他只得打开窗户，探出脑袋开车。早晨的雾气冻在车窗上，都结成霜花了。寒风从敞开着的车窗里倒灌进来。我把头缩在羽绒服里，整个人冻得瑟瑟发抖。司机一边开车，嘴里一直不断咕噜着：“一点也看不见了，不能开了！”

就在司机硬着头皮继续向前开，经过一个村镇时，雾变得越来越浓，能见度只有三四米了，司机只好把车停了下来，嚅动着双唇说：“不能开了，再开要闯祸了！”乘客们心里都很郁闷，但又无可奈何。

大约过了两个小时，雾气渐消，司机把眼睛睁得铜铃似的，将剩下的半截香烟一扔，那辆灰头土脸的中巴车又颠簸着重新上路了。经过这一番折腾，汽

同江县三江口

车抵达同江县城时，已是掌灯时分了。街上灯火冷落，行人稀少。每个城市的夜晚都会流露出其最隐秘的风情，但同江的夜晚却很宁静，我背着大包沿街寻找旅馆，除了我自己，谁也不知道我此刻在哪里，我遇见的人们都不知我从哪里来？要到哪里去？一个人旅行，就是让你可以与这个熟悉的世界捉一回迷藏！

一个穿鱼皮、吃生鱼肉的民族

YI GE CHUAN YU PI ,CHI SHENG YU ROU DE MIN ZU

沿着中国漫长的边境线行走，有一种奇异的感觉。在同江，三江口是我要去的第一个地方，黑龙江和松花江在县城附近数十公里的江水泾渭分明，黑色为黑龙江，浊黄色的为松花江。北黑南黄，江水在这一带的颜色并不融合，当地人叫它为“混同江”。它离县城大约四公里，我叫了辆三轮车，五元。车一出城就迎风跑了起来，冻得我瑟瑟发抖。远远地看见一座高耸的白塔，那是三江口的标志。我就这样抖索着，心里却异常快乐！在和熹的晨光里，在黑龙江辽阔无垠的旷野里。

三江口俄罗斯风格的建筑

同江县城离街津口不远，同车一位妇女见我背了个大包，好奇地问我是否去街津口旅行，她告诉我：她有一半的赫哲族血统，姥姥是赫哲人。她嫁到离这不太远的勤得利农场，一路上她为我介绍了赫哲族的历史及街津口的乡情、族情。街津口是“六小”民族之一赫哲族人的聚集之地，赫哲族总共不到四千人，是古代北方少数民族女真族的后裔，从前是一个以渔猎为生的民族——人们穿鱼皮，吃鱼肉，住的是鱼皮围的撮罗（窝棚）……

赫哲族人居住的房屋

赫哲族有自己的语言，但没有自己的文字，信仰萨满教。从她口中我还得知：赫哲人喜欢饮酒，但在饮第一口前，都要用筷头蘸少许酒甩向空中和洒向大地，以示敬祖先和诸神。他们不喜欢喝茶，一年四季都喝凉水。冬季到处是冰天雪地，江水结冰达一两米厚，而这正是赫哲人捕鱼的大好季节。他们擅长冰下捕鱼，既有网捕，又有钩钓。大拉网有百米多长，但下到冰层以下需要一套熟练的技巧。下网前，选择地点十分重要，经验丰富的赫哲老渔民只要审视冰面的颜色，就知道该在什么地方、什么时间下网。选定地点后在冰面打好两排冰眼，将网从冰下穿过，然后逐渐围拢，最后在出网口把冰下的渔网拉到冰面上。冬季冰下鱼群聚集，用大拉网一次可以捕到上千斤鱼。不管采用什么方法捕捞，他们都喜欢随身携带鱼叉……以前赫哲人还喜欢养狗、驯狗，拉雪橇的狗是经过特殊训练的，尤其是头狗。一个雪橇可以拉几百斤东西，一天能跑两百多里地……

在街津口我遇见一个54岁的退休职工，一个人开着摩托车周游全国。他说自己曾经三次西进，穿越新藏线，走过荒漠和冰川，乌苏是他这次旅程的终点。我在他的车牌旁发现了另一个牌子，写着“安徽－抚远”。 而眼前那辆摩托车，斑驳的漆面和历尽修补的车身上承载了主人太多不凡的记忆。最有趣的是后备厢的位置，一个手制木箱被牢牢固定在那里。“不管去哪儿，我们都带着爱犬，这是给它设的包厢。”他说话时中气十足，笑声爽朗，让我相信一颗永远年轻的心，果然可以抚平岁月留驻的痕迹。

赫哲族人用鱼皮制成的衣服

如今的街津口已是一个旅游渔村。这里是鱼的世界，家家户户的住房东侧都有一个鱼楼子，赫哲族人称之为“塌古通”。里面挂着鱼胚子（鱼干），腌的是鱼籽、鱼块，还有一缸缸鱼制食品，人们屋前的木板围墙上挂满了闪光的绞丝网……镇上的孙玉楼家有制作鱼画，一套大马哈鱼皮缝制的衣服赫然入目，做工考究，上衣缝着鱼皮剪成的浪花和云卷图案，堪称手艺中的精品！“这真的是鱼皮做的吗？”我好奇地用手去摸了摸，店主笑着回答：“是真正的鱼皮做的，只有我们赫哲族会做这种衣服。”做一套鱼皮衣服，可不容易！鱼皮做成衣服需要经过剥皮、去鳞、晾干、轧熟、裁剪缝制等多道工序，花费近两个月才能完成。做一套鱼皮衣服，得用掉五十多条十多斤重的大马哈鱼……在店里，我还看到用鱼皮做成的小包、背包、手提袋等。

而那首郭颂写的《乌苏里船歌》，最早响彻的地方却是饶河的四排乡，现在我没有听到那高昂悠远的船歌，听到的只是呜咽的江风，它吹得脸上生痛。向晚的落日将尽，江边倒扣着许多凌乱的渔船，冬天冰封的江面上雾气飘忽，捕鱼的赫哲人穿着厚厚的翻毛大衣和皮靴，戴着狗皮帽子，见到陌生人只是远远地憨笑。

据旅馆的老板娘介绍，在街津口可以吃到正宗的大马哈鱼，赫哲族人有吃生鱼的习惯。从鱼皮、鱼籽到鱼肉、鱼脆骨都有生吃的妙法，最常见的是“拌菜生鱼”。其做法是将活鱼肉剔下切成丝，拌上野生的姜、葱、野辣椒，加上醋和盐即可食用。大马哈鱼有两种吃法，一鱼两吃或三吃。据说赫哲族人长年漂泊在江上，碰到雨天打鱼人无法划船回家，只能在船上过夜，靠生鱼充饥，久而久之成了食吃生鱼的习惯。我从旅馆一路慢悠悠地逛到餐馆，询问了价格，一鱼三吃要 120 元，后来砍到 90 元。我还没有看清大马哈鱼长得是啥模样，菜就已经端上餐桌了。生吃、蒸煮、凉拌。可惜赫哲人的烹调奇咸，等到一条大马哈鱼变成了鱼骨，我的舌头依然没有品尝出其中的滋味。

街津口的夜晚异常寂静，睡在寒冷的旅馆里，月亮在窗外的树梢中穿过，可我一直难以入睡，耳边只有赫哲族人居住的白铁皮屋顶在风中“咣咣”作响！

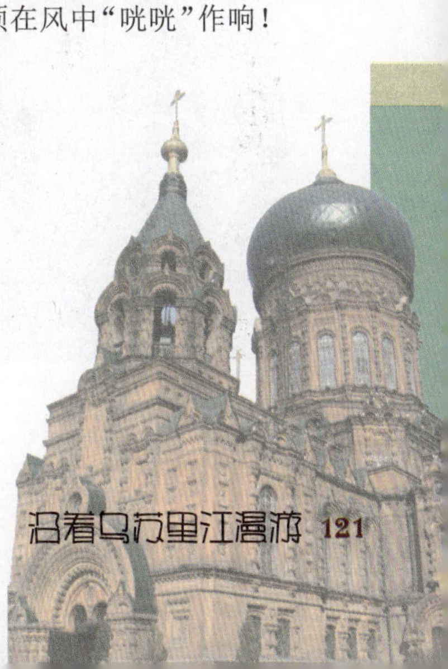

在街上，我被人当成了“老毛子”

ZAI JIE SHANG ,WO BEI REN DANG CHENG LE "LAO MAO ZI"

从街津口返回同江，三小时后再抵达有“东方第一县”之称的抚远，已是日暮时分。抚远县处于黑龙江、乌苏里江交汇的三角地带，是我国最东部的一个县。

抚远的早晨，河流和树木都在雾中醒转！

抚远县城街头

我对乌苏里江的最初印象都在那支著名的《乌苏里船歌》里：蓝蓝的江水，船儿满江鱼满舱，大顶子山，白桦林……这些深藏于心底的意象，随着汽车的前进不断浮现出来。这是一座边地小城，距离俄罗斯远东最大的城市哈巴罗夫斯克仅65公里。路上尚有积雪，从当地人口中得知昨天刚下过一场大雪！抚远县城不大，但商业气氛非常浓郁，在俄式建筑风格的街头漫步，会让人有一种置身异域的错觉，商店的招牌都是俄文。我进了几家店铺，却总是遭到冷遇。我想：那些商品似乎不是为中国人准备的，看来他们都是专等老毛子出手的。当我走进另一家日用品商店，主人的热情却让我意外得受宠若惊。只见售货员眉开眼笑地冲我说了句："哈啰！"然后就是一段莫名其妙的俄语，也许是我戴了一顶大毛帽，蒙着口罩，有人居然拿我当老毛子了！我索性对她们说了一句："子拉啊丝围接！"（俄语，你好！）然后突然改用中文问："你们说的是啥意思呀？"她们一听，走近我仔细一瞅，都捂着嘴笑了，然后解释说："看错了，以为你是老毛子呐！"

抚远县街上的赶车人

抚远县街头的俄罗斯姑娘

一座只有一户人家的小镇

YI ZUO ZHI YOU YI HU REN JIA DE XIAO ZHEN

乌苏镇距离抚远县城约30公里，必须租车前往。沿途有湿地和宁静的白桦林，乌苏里江由南向北，横穿完达山脉，而小镇就在黑龙江与乌苏里江汇合处，依然是一户人家，一间商店，一家宾馆，一个被誉为“英雄的东方第一哨”的边防哨所……

乌苏里江满语意思是“东方日出之江”，历史上被称为“鱼皮鞑子”的赫哲族人就生息在下游一个叫抓吉的赫哲族自治乡里。

东方第一哨

“近十五年来，乌苏里地区发生了巨大变化，这个地区的大部分原始处女林已经被烧光，代之而起的是一片片落叶松、白桦和白杨树林。过去老虎吼叫的地方，如今机车轰鸣；从前有中国猎人小房子的地方，而今出现了一座座俄国大村庄；异族人都已离开，到北方去了，泰加林里的野兽数量锐减。这个地区开始失去其特色，正经历着不可避免的文明所带来的变迁。”这是苏联地理学家阿尔谢尼耶夫《在乌苏里的莽林中—— 乌苏里山区历险记》一书中，记述20世纪初乌苏里地区的种种变迁。他考察西伯利亚原始森林时，遇到过赫哲族猎人乌扎拉，那是一位对山林无比熟悉，能嗅出动物的气息，能辨别人和动物的足迹的猎人……因为喜爱书中那位被俄罗斯人称为“森林之子”的德尔苏·乌扎拉，临行前我将这本书和指南针、瑞士军刀一起装进了背囊……

乌苏镇“东方第一哨”哨所

一百多年过去了，书中描述的一切都已消失，就连在中国境内，乌苏里江一带的地理和居民也发生了深刻的变化。乌苏镇以前被当地老百姓称为“交界碑”，清朝初年叫“窝鸡口”，20世纪一二十年代曾是声名远播的商业小镇，后因兵灾匪祸，小商号先后遭劫破败，镇上约二十户居民远走他乡，乌苏镇从此名存实亡。据说，这里原来只居住着一位姓时的汉子，后来有个姑娘嫁给了他，才诞生了镇上唯一的一户人家。

乌苏里江，太阳最早升起的地方

WU SU LI JIANG, TAI YANG ZUI ZAO SHENG QI DE DI FANG

有一个传说可以看作对这个东经134° 12′ 20″、北纬48° 15′ 29″的“东方第一镇”的补充。相传乌苏里江神美丽聪慧的女儿听沃，爱上了智慧的太阳神炎帝。每天日出时分，听沃都要抚琴给炎帝听，但黑瞎子岛上的

乌苏镇，这里曾被称为“太阳的故乡”。

乌苏里江日落之时

黑瞎子神因垂涎听沃的美丽，故意在乌苏里江神面前诬蔑炎帝，结果听沃被父亲嫁给了黑瞎子神。来到黑瞎子岛后，她愁眉不展，不久便郁郁而终。但她死后，深爱着炎帝的魂灵并没有消散，而是化作了江边的一株柳树，每天迎接日出……按照传说，那棵柳树应该是在如今的黑瞎子岛上，那里才是真正最早见到日出的地方！

我到时，已过了日出时间，在黑瞎子岛没有回收之前，抚远乌苏镇是我国实际控制领土的最东端，这里曾被称为“太阳的故乡”，有人认为它是中国陆地上最早看见日出的地方……当第一缕阳光照耀神州大地的时候，首先沐浴它光辉的是乌苏里江和这个江畔的小镇，华夏大地上新的一天便从这里开始了。据说每年8月份，凌晨三点，绝大多数地方还陷在梦中，那金色的阳光就开始照亮这片土地了。

乌苏里江宁静而开阔，一个妇女在渔船停泊的岸边打水。越过渔船是光芒耀眼的太阳，越过波光粼粼的江面，远处依稀可见的是俄罗斯的村庄，而黑瞎子岛在远方，那是中国真正的东极！

沿着江边走上一会儿，寒风吹得人发抖。我不知道为什么千里迢迢来到这里—— 一个无比荒凉的地方。乌苏镇只有唯一的一条长约五百多米的街道，堪称世界上最小的城镇。而乌苏镇的第一标志，就是哨所的那座瞭望塔，周边散布着一些渔民的简易住宅，脚下流淌的乌苏里江在远方一头扎进了黑龙江的怀抱，江对岸是俄罗斯境内的抓吉山，背后则是中国同名的抓吉镇……

现在，我看到了一条沉默的江河，恍惚听见遥远年代里盘旋上空的船歌……我想：这就是乌苏里江了，一个多么适合让歌声寂寞飞翔的地方！

一辆三十五座的中巴车载了七十多人

YI LIANG SAN SHI WU ZUO DE ZHONG BA CHE ZAI LE QI SHI DUO REN

黑龙江的江水继续向前流淌，我的旅程与它如影相随。

黑龙江东部交通闭塞，从抚远到饶河，两天才一班客车。一辆35座的中巴车沿途硬是塞进了七十多人，连过道和门口都密匝匝地挤满了人。车内空气污浊，呼吸声、咳嗽声此起彼伏，头顶的行李架上悬着各种大包裹，随时都有坠落的危险，这哪是坐车啊，分明就是挤沙丁鱼罐头了！一看见路边等车的人。司机总是一再地停车，那个红脸膛的女售票员依然扯着嗓门大喊：“再往里面挤一挤！挤一挤！”当它从早晨六点十分摇晃到中午十一点钟时，等到抵达终点，离转乘饶河开往虎林的班车只差十分钟了，票就剩下最后两张了！虎林是著名的二战终结地，同时也是濒危的东北虎的故乡，汽车在山道和原始森林中穿梭，像只缓慢爬行的甲壳虫，一路上经常看到停在路边的肇事车。有人说，这里运木材的卡车都是司机单独驾驶，在这崎岖的山路上，不仅要有过人的驾驶技术，还要懂得修理，而对于很多年轻的司机来说，还得具备不怕“鬼”的胆量，因为很多时候是夜间行驶，山中的云雾、山风吹动的诡谲的声音，都会让人有一种恐惧心理……

今天的行程非常紧凑，五点多钟我又登上了前往牡丹江的火车。黑龙江东

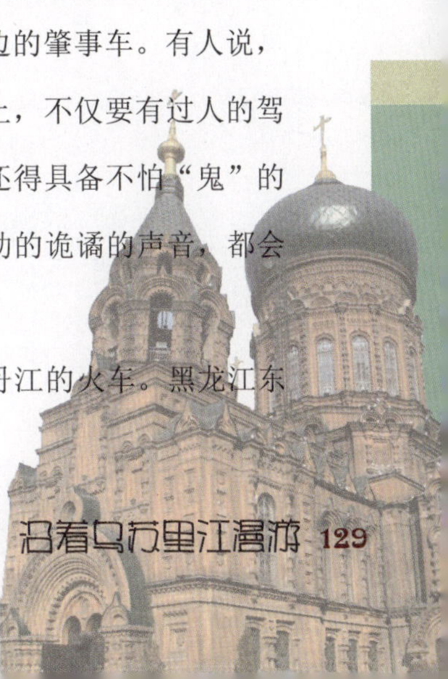

线土地极其辽阔，交通却非常滞后，各类农场星罗棋布，这里无疑是一个蕴藏着梦想的流域，众多江河滋养着这片丰腴的黑土地，以前的北大荒早已变成了名副其实的“北大仓”。沿途木叶落尽，冬天终于露出了白色的牙齿，只是雪仍未完全覆盖每一寸土地……

在东北，我喜欢乘坐K字头的慢速火车，喜欢它驶过原野的那种感觉：车厢一片沉寂，只有车轮“当咣当咣”有节奏地敲打铁轨的声音，那声音和窗外飘逝的风景会将人带入梦幻之中。很多时候，我倾心于那些精神独立的旅行者，随身带着地图，能够区分不同鸟类、植物的人，那些不旅行的人经常警告旅行者：一定要注意安全，旅行者却听不见那样的声音。在我看来正是那种孤身一人，不知身处何方的感觉，才是旅行的真正的魅力！

火车继续前进，此时，夜幕低垂，车厢内有人看书，有人打牌或瞌睡。我恍惚还能嗅到来自旷野的气息，车窗已逐渐变成长长的一面墨镜，望着它，我也越来越清晰地看到自己的脸颊。当它像一头喘着粗气的巨兽扑到终点时，当牡丹江终于用它昏黄的路灯和寒气接纳一位外省诗人时，已经是凌晨三点多了……

独对镜泊湖

一个与日本“东京”同名的小镇

YI GE YU RI BEN "DONG JING" TONG MING DE XIAO ZHEN

到了牡丹江，镜泊湖是必去之地。

由于是旅游淡季，牡丹江市内的车站广场上找不到直达镜泊湖的汽车，只能由东京城中转至镜泊湖……

牡丹江的市容乏善可陈，马路上嘈杂无序，到处是灰尘污泥，很少能看见高楼，灰头土脸，整个城市如同20世纪七八十年代的县城。我这几天一直关注着天气变化，心里惦记着大山深处的林海雪原，非常希望老天爷能降下一场大雪，可恼人的温度始终在零下几度内徘徊。客运站四周都是些凌乱的汽车配件或修理店，中午时，我围着它绕了一大圈，才在后面的弄堂里找到一家馄饨店。我要了筋饼和豆腐脑，老板娘见我是南方口音，于是极力推荐虾仁馄饨。筋饼是当地一种摊得非常薄的饼，乍一看仿佛像豆腐皮。东北菜的味道其实没什么特别的，但用料十足，端上来往往一大盆，让人有种措手不及的感觉。出门前查资料，听说寒冷的地方，人体热量消耗大，需要补充体能，但一路的暴饮暴食，我竟然活活胖了好几斤！

饭后继续到客运站等车，牡丹江人说话的语速极快，极像连环发射的机关枪，而且口齿含糊不清，车站广播里报出的班次，我有很多话听不清甚至不知所云。眼看着时间快到了，我乘坐的班次还没踪影，心里变得忐忑不安，忍不住跑到检票口打听，一问才知别人早已上车了。于是我手忙脚乱地背着大包检票上车，但车上所有的空位都挤满了人，售票员拿了条小板凳让我坐在过道上。三点钟不到，那辆破旧的中巴车就冒着黑烟驶离了客运站。

在东北旅行，给我的感觉是班车似乎没有严格的时间观念，随意而不准时，而且超载特别严重。中巴车经过一个村镇时，差点撞到一位老人，其实司机一开始就发现了横穿马路的老人，已经减速摁响喇叭了，但那个老汉或许耳背，对着震天响的喇叭却始终毫无反应，仍然一意孤行地低头走路。司机急得一脚将刹车踩到底，由于路面结冰，汽车却继续向前滑行了一大段，中巴车上顿时人仰马翻的，乘客和行李滚作一团……我拼命抓住旁边的座位把手，吓出了一身冷汗。而马路上老汉却浑然不觉，直到车滑到了眼前，才下意识地往后躲闪，用手指着司机吼叫。气得司机大发雷霆：“不要命了，找死也要找个好地方！”车上的乘客中原来聊天、嗑瓜子、开着手机的 MP3 听音乐、抽旱烟的，都已停止下来，那一瞬间车厢中寂静得令人心悸。

到了东京城，背着行囊，我拐进了客运站对面的一家狗肉饭馆。牡丹江地区的狗肉味道令人垂涎，尤其是狗肉酱，那香味闻起来简直无孔不入，听说是用狗油，添加辣椒、花椒、葱等很多调料配制而成的。

我不知道这里为什么会叫东京城，两个与日本东京完全相同的汉字。其实它只是黑龙江一个繁华的小镇，与多数小城镇一样，小镇的中心商业区就是客运站和火车站之间的一条主干道，有农贸市场、服装商场，一律人头攒动，人们的逛街和购物热情丝毫不因寒冷而降温。从东京城所处的地理位置上来看，

距离它西北400里的地方，是金上京会宁府遗址，东京城是金上京以东唯一的京城，因而称为“东京”。但我始终觉得这样命名一座小镇

渤海国文化园

似乎有些随意，就向狗肉馆的老板娘打听，她说自己是土生土长的本地人，这里一直就叫东京城。她的父母是从外地迁到这里的，那时小镇上只有零落的几户人家。

后来我才慢慢知道，这个名字显赫的小镇来自于满族的历史。在渤海国、建州满洲时期，这里曾经被女真人定为东京，是一个一千多年前古国的首都，8世纪的唐代时期，靺鞨族在东北辽阔的土地上建立了一个“震国”，它的国王后来受到大唐帝国册封而成为“渤海郡王”，改国名为“渤海国”。在镇口，我看到了公路南北各立着石碑，远处是一座保存完好的外城墙，上面长满了大树，城墙壁立高耸，树木中间被人踩出了一条小路，我沿着城墙往北走了一段。在东北，历史上的遗址大多荡然无存，可我偏偏是个对遗址或博物馆有微词的人，就像一个对鱼类有着特殊嗜好的人，面对化石和鱼刺，他要到哪里寻找品尝的胃口？

夜宿朝鲜族农家

YE SU CHAO XIAN ZU NONG JIA

牡丹江地区因靠近长白山脉，邻近朝鲜，也是东北朝鲜族人的聚居地。傍晚时，我住进镇郊的朝鲜族农家。村里的住房多由独栋房屋构成，房子显得低矮，屋顶是那种奇特的四面缓坡，而房屋的前后都用塑料薄膜搭起了一条长廊，既防风、保暖又透光。领我进门的主人姓玄，穿着白色衣裤，头戴黑色的小礼帽。房子的门槛很高，等我脱鞋进屋，发现屋中有个巨大的灶坑—— 一个离地约半尺高的灶台，中间安放着几个大铁锅。女主人姓崔，是位热情的朝鲜族阿妈妮。她见有客人，就开始忙碌起来，先是点燃炕灶，把整个炕烧暖，接着端上一碗热麦茶。据主人家介绍，这种锅灶连着大炕的居室叫“满屋炕”，是朝鲜族的传统民居。其中火炕就占了睡房大半的面积，一家人都睡在炕上，厨房的火与炕是相通的，而且睡炕也能烧火，加上厚厚的墙壁，足以保证整个房子日夜温暖。

晚餐是朝鲜族特色菜，狗肉、土豆饼、泡菜、酱小鱼……无论是在盛大的宴席上，还是家庭的餐桌上，朝鲜族人都将泡菜视为一道不可或缺的凉菜。通常在吃完油腻的荤菜或煎饼、油糕后，他们总喜欢吃一些泡菜，或喝几口泡菜汤来“漱口”。东北每年有长达五个多月的冰冻期，冰天雪地的日子里，人们

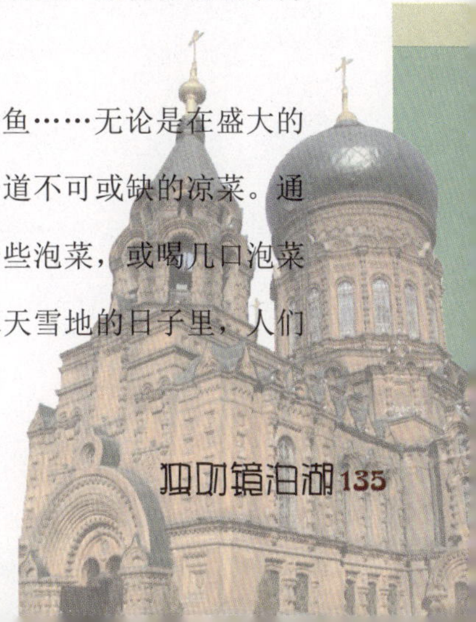

什么都做不了，于是想出很多办法来贮藏蔬菜。以前，每户人家一到秋天，都要挖一座地窖，将萝卜、白菜、土豆等一股脑放进地窖里，等到冬天时随吃随拿。东北农家腌的酸菜、咸菜味道独特，一些离家的东北人每当提起腌酸菜、咸菜时，心里就会升起一种温暖的感觉。

除了腌菜，炖菜也是东北的一大特色。每当冬天，来一大锅热气腾腾的炖菜，既热乎又解馋。但让我这个异乡人感到惊讶的是，东北人喜欢生吃蔬菜，尽管天气极冷，但大家好像都很喜欢吃凉的东西。

 被黑衣人追尾，车灯撞得粉碎！

BEI HEI YI REN ZHUI WEI ,CHE DENG ZHUANG DE FEN SUI !

从东京城镇到镜泊湖仅十公里的路程。第二天一早我告别朝鲜族阿妈妮，背着大包，叫了辆出租车就上路了。

一路上的松辽平原坦荡而开阔。汽车经过大片的荒原，荒原上稀落生长着不知名的植物，一些羊群散布其间，除了牧羊犬发出几声空旷的叫声，一切都显得无比寂寥。

车过狭道拐弯时，意想不到的事的发生了！

只听见“嘣”的一声，我从恍恍惚惚的思绪中惊醒过来，出租车被后面一辆超速的长安面包车追尾，尾灯被撞得粉碎！没想到后车车主下车看了一眼，竟重新坐回车里，一言不发。司机开始拨打交警电话，面包的车主此时突然变道加速想逃跑，司机急忙下车去堵，差点儿被车撞到！司机气红了脸，对着他吼：“你追尾了，还想跑，还想撞人，你是不是人？”我见状也急忙下车，对方是个年轻人，穿一身黑衣，操东北话，指着司机的鼻子大骂：“操你妈的！我就撞你了，怎么的？”司机对黑衣人说：“年轻人，你追尾是个小事故，撞人可就是刑事了！”

“还刑事呢？我什么没见过！我弄死你！”年轻人又指着司机咆哮着。

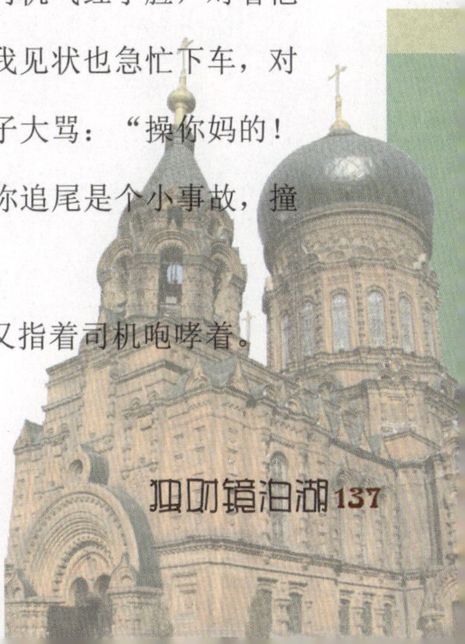

“你怎么不讲道理？！”司机实在气得不行了。

这时，远处隐隐约约有交警的车过来了，他马上改口说：“我孩子病了，心急，所以开快了些。”

司机探头看了一眼车内，一个妇女正抱着一个吃奶瓶的孩子，并不像是有病的样子。

“你如果要看病就快点把事情处理好，而不是在这骂人。”司机对他说。“对谁说话呢？对谁说话呢？”年轻人又指着司机嚷着。这时，交警过来了，没想到那个年轻人居然说：“是他撞得我，他逆行！他变道！”司机都被他气糊涂了！我干脆坐回车里，看司机跟他和交警怎么交涉。过了一阵，我见他们几个说得差不多了，就下车走了过去。这时司机说要走程序，叫保险公司过来理赔。

谁知不可思议的一幕发生了，只听见那个年轻人说：“是我不对，我骂人了。大哥，你行行好，我们握个手算了！”我听了心里很纳闷，刚刚还一副气势汹汹的样子，现在怎么判若两人了？交警说：“你们协商协商算了。”年轻人一听，又是一阵道歉，掏出一百块钱，往司机手里一塞，转身走了！转眼间车子就消失得无影无踪了！留下我们和交警站在原地目瞪口呆的，半天都回不过神来。

这两天连续发生的两起事情，尽管都不是车祸，但也让我的心情足足灰暗了好一阵子！

吊水楼瀑布

DIAO SHUI LOU PU BU

过了荒原不远，距离镜泊湖最近处有个村子叫瀑布村，居民多为朝鲜族人。全村有一百多户人家，自古紧挨着美丽的镜泊湖畔生活，日出而作，日落而息。村子坐落在美丽的小三峡周围，在这里可以饱览大自然的山林、流水，谛听湖畔的清脆的鸟鸣。

镜泊湖在唐代被称为“忽汗海”，至明代始称镜泊湖，是世界上最大的火山堰塞湖，海拔仅低于瑞士的日内瓦湖。5000年前，熔岩将河道堵塞形成湖泊。如果从高处俯瞰，镜泊湖与松花湖极为相似，但却没有松花湖大。镜泊湖的百里长湖中，除了气势轩昂的大孤山，精巧别致的珍珠门，还有形神兼备的道士山等绝佳的风景。

半路上司机告诉我，镜泊湖门票80元，问我是否逃票？我笑着说：“你能进去，我也能，不过我想自己还是从大门进去好一些！”过了售票处，我就隐约听见远处好像有刮风的声音，还有细切的人声。大约走了几百米，突然听见有人大吼一声，司机告诉我前方就是网上传说的世界悬崖跳水的第一人——狄焕然。据说他曾跳过黄河壶口瀑布、牡丹江大桥、温春大桥、哈尔滨松花江公路大桥。他喜欢把跳水说成“飞”，每次寻找的就是一种类似飞翔的感觉。

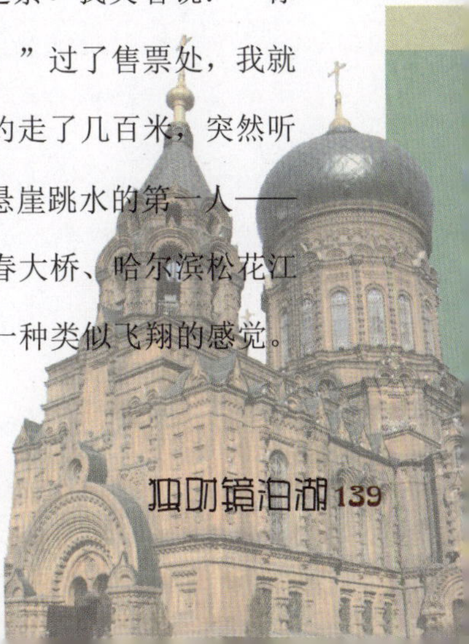

镜泊湖吊水楼瀑布

距离吊水楼瀑布还有数里路，我就听到一种沉闷的声音，开始隐隐约约，似有似无，后来却越来越响，越往前走，声音就变得越清晰。我眼中突然出现了一段百余米宽的弧形的断崖，高约二十余米，底下有深潭，想起奇人狄焕然即使在零下二三十度的寒冬，也从令人战栗的崖壁上往下跳的。

此时，瀑布正从断崖的顶端飞速跃下。巨大的落差使水流激起汹涌的波涛，发出轰然的巨响。水流不断撞击，化成无数细小的水珠，在阳光下折射着神秘的光芒，伴随着雪雾和一阵阵轰鸣，然后翻卷着向远处涌去。也许是今年长白山的洪水，让景区内的吊水楼瀑布显得有点黄浊，而顶上的蒿草、苇叶迎风摇曳，阳光落在水面上，如锡箔漂浮，闪着点点亮光……

红罗女和神奇的宝镜

HONG LUO NU HE SHEN QI DE BAO JING

镜泊湖流传着这样一个传说：很久以前，牡丹江畔住着一位美丽善良的红罗女。她拥有一面神奇的宝镜，哪里的人们有苦难，她只要用宝镜一照，便可以消灾弭祸。后来这件事传到了天庭，引起了王母的忌妒，她派天神盗走了宝镜。

镜泊湖岸边

红罗女上天索取，争执中宝镜失手从天上掉了下来，就变成了如今的镜泊湖。红罗女被人誉为镜泊湖之魂，有关她和宝镜的神话传说，似乎能为山水插上灵性的翅膀。但在我看来，那是大海一样的湖泊，它的出现开始混淆了我心中大海和湖泊的概念……

在湖区一带，会遇见一些造型奇特的尖顶木屋，在寂静的森林里，面对这些古朴而艳丽的小木屋，会令人无端生出许多遐想。天色渐渐暗下来，天空下起了淅淅沥沥的小雨，大树下不时有小松鼠窜过，这一切让人怀疑是否来到了一个童话王国？

镜泊湖的周围有一弯沙滩，水面似有云雾渐渐升腾，烟波浩渺中平添了几分神秘与诡异……大多时候，人们也许只有面对大海、高山才会产生自身渺小的感觉。但面对镜泊湖，我同样从心底滋生出那份异样的感觉！湖区太大了，我在岸边行走，无法看到镜泊湖在眼中一点点展开的模样……

晚上我就住在景区简陋的小旅店里，端上来的蔬菜都是旅店老板自种的，虽然是一些普通的家常菜，却让我吃到了久违的蔬菜的味道。旅店老板告诉我，到镜泊湖不能不吃鱼，

红罗女被人誉为镜泊湖之魂，有关她和宝镜的神话传说，为镜泊湖的山水插上灵性的翅膀。

一种叫湖鲫的鱼可是当地的招牌菜，个大、肉嫩、味美。老板还说，镜泊湖的米饭特别香，是用响水大米做的，牡丹江沿岸盛产响水大米，原是进献朝廷的贡品呢。饭后站在窗前，外面是黑漆漆的老林子，偶尔传来几声不知名的鸟叫……

镜泊湖

一个人的镜泊湖

YI GE REN DE JING PO HU

镜泊湖分为四个湖区，像条狭长而美丽的玉带蜿蜒在起伏的山峦中。船至抱月湾，天色转晴，湛蓝的天空倒映在如镜的水面上，岸上不时闪过一幢幢精致的欧式别墅。大孤山是湖中的一个孤岛，远远望去好像悬浮在湖面上，如同巨大的山水盆景。

登陆湖中岛的地方有一片洁白的沙滩，沙滩上残留着脚印和夏日的记忆，但现在只剩下两条小狗寂寞地守候在这里。

游船继续向前，湖面上风很大，也将这幅山水画卷慢慢地吹开。老黑山、小孤山、毛公山、城墙砬子、珍珠门、道士山、老鸹砬子都在流水声中一点点袒露出来。

镜泊湖宁静而遗世独立，面对天边的晚霞，我却感到它彻骨的寒气了。我想： 在接下来的冬天里，再也不会有人来惊扰它了……

我觉得镜泊湖最美的时刻应该在黄昏，在夕阳将落未落的那一刻。也许在一万年前，也是这样的傍晚，牡丹江浩浩荡荡地奔涌在天地之间。突然火山喷发了，一种巨大的力量把大地撕裂了，四溢的岩浆在空中吐着鲜红的舌头。浓烟滚滚，火山灰中到处是哀鸣逃窜的动物，大地上所有生物都被烧成了灰烬。

镜泊湖最美的时刻在黄昏，在夕阳将落未落的那一刻。

当铺天盖地的火山岩浆倾泻而下，将日夜流淌的牡丹江拦腰截断。河流改道，大地上升！一口硕大无朋的高山湖泊神话般诞生了！

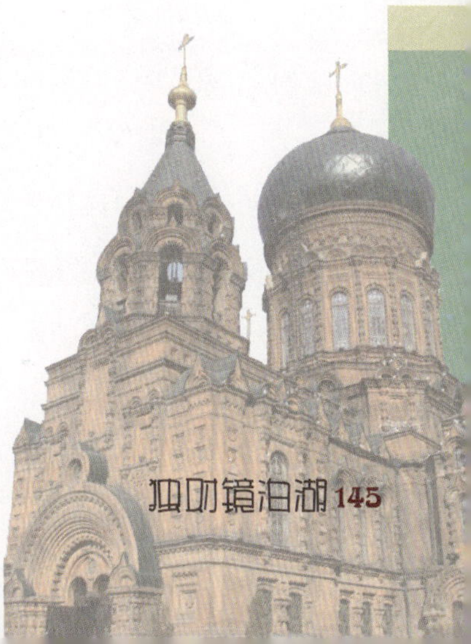

奇妙的组合

QI MIAO DE ZU HE

在停车场里，我发现一辆红色的小型三轮摩托车，车旁坐着一位老先生，他身穿橙黄色的羽绒服，头上戴着红色安全帽，戴着透明防护眼罩，看上去很拉风。交谈中得知老先生来自河北，今年 75 岁，他与老伴十月初从石家庄出发，驾驶着三轮摩托车，一路游走，已经走了 75 天了。当我问他为何选择骑摩托出游时，他笑着说："退休后的生活就是吃过早饭后，等待着吃午饭，然后等着吃晚饭。生活从忙碌的状态一下子悠闲了起来。这一闲呀，高血压、颈椎病、腰椎间盘突出就一起找上门来了。为了重拾年轻时的梦想，我们上路了。慢慢地，身体也变好了很多，腰痛也少多了，现在基本不吃药了。""骑车真是一种很好的锻炼，不说相貌，但我现在的精神状态顶多五十岁。"老人脱下安全帽，摸着满头白发又说道。

他以前曾骑车到过西部各省，旅途中他悟到了一些道理："整天怕老的人，越活越胆小；懂得自然规律的人，会越活心态越好。"

"75 岁""三轮摩托车""75 天"，这奇妙的组合几乎令我瞠目结舌了。想起行走的种种好处，它使人远离喧嚣的都市，让内心变得纯粹，即使一朵花、一片云也能让旅行者看到天堂，而一座山、一条河流更让人窥见一个完整的世界。我只有祝福老人，愿他平安快乐！

走进“东方小莫斯科”——绥芬河

火车站永远是城市最混乱的地方

HUO CHE ZHAN YONG YUAN SHI CHENG SHI ZUI HUN LUAN DE DI FANG

牡丹江的客运站与火车站离得很远，从镜泊湖返回时，我打车前往火车站，车上播放着刀郎的歌曲，司机是一位无所不谈的老师傅，伊春人。他以前在林场当伐木工，在牡丹江开车谋生多年。老师傅指着车窗外的积雪说：“去雪乡玩了吗？”我慢慢吞吞地回答：“还没去，先到绥芬河。”在旅行中我没有很明确的行程，只有方向。“雪乡那美啊，估计这会儿雪很厚了。”老师傅大声替我惋惜。“去的人多吗？”我随口问了一句，此时，我正想着今天能否买到去绥芬河的车票的事。“每年都有很多南方人去那儿，过年时一床火坑宿五六个人，都卖到每人500元！”老师傅继续唠叨。到了车站，他告诫我说：“小心点，不要和站外那些拉客的票贩子搭话。”见我一脸狐疑，“放心去吧，直接去购票处，买票就进候车室！”老师傅看出了我的不安，用手拍拍我的肩说。

其实每座城市的阴暗面和阳光之处，出租车司机最为清楚，我没有理由不相信他善意的提醒。在多年的旅行中，我知道火车站永远是城市最为混乱的地方，行人、警察、车辆、小贩在广场上挤作一堆。有一次，我在火车站曾目睹两个东北人打架， 一个胖子戳着年轻人的鼻子说：“我知道你是东北的，我弄死你！”话音刚落，拳头已砸在对方的脸上了，几分钟之后，广场上只剩下

冰雪覆盖的牡丹江

一摊血和飞扬的尘土……

离开车还有三十分钟时间，我放下行囊坐在候车室里，漫不经心地看着眼前晃动的人流。在外旅行对于主动上来搭讪的人，我始终保持着警觉，我已习惯旅途中一个人的到达，一个人悄无声息地离开。

曾经的“国境商业都市”

CENG JING DE "GUO JING SHANG YE DU SHI"

开往绥芬河的火车启动后，不少东北人就开始相互唠嗑，香烟在硬座车厢里点燃了，列车员经过几次劝告之后仍毫无办法。四五元一瓶的白酒被掏出来了，女士们也用牙咬开啤酒盖，直接用瓶子对碰起来，还有那些花生、毛磕之类的小食品在嘴里熟练地咀嚼。随着空调和车内气温的上升，有人开始脱掉厚厚的棉衣，一些粉厚汗多的女士被自己摸成了大花脸，那些把毛衣塞到裤子里的东北人来回交替着上厕所。在火车的晃动与铁轨的“喀喀”声中，我离那座充满异域风情的边陲小城也越来越近了！

绥芬河街头

下火车后， 当我背着登山包出现在川流不息的人群中，我不知道有多少和我一样漫无目的的旅行者？看到周围的人多数都拉着手提箱，或是大包小包地提着行李，他们行色匆匆，身处其中，我感觉自己简直像个异类。

绥芬河东正教堂

我站在一家酒店门外的人行道上，看着行人，喝着可乐。起初我并没有打算入住这里，但登记台里的小姑娘不时伸头对我微笑。在暮色降临前，我背着包走进了酒店。“我还以为你是要搭车的。”小姑娘见我进来就开了腔。“不过这时什么班车都没有了。”小姑娘整了整她那身蓝色的制服又说道。“是啊，今天我不走。但我又住不了你们这种太贵的房间。”我给房间砍价埋下了伏笔。其实这酒店的规模设施就相当于内地的小旅馆。卸下行李，经过一番砍价，150 元的标间 90 元成交。我上楼时，小姑娘笑眯眯地对我说：“我回头叫服务员给您送两壶开水！”

在外旅行时，我大部分时间都用来阅读山水风景和路上的各色人等，剩下的时间除了在客栈里蒙头大睡，就是步行或乘车，我发现自己实际上并非是一个出色的旅行者，我很少在早晨起来拍片，除了赶车。而那些阳光充足、风和日丽的日子，我却常常奢侈地留守在客栈里。

第二天我下楼时，登记台里没人，小姑娘却坐在门外晒太阳，摆弄着十字绣。我开始摆弄自己的相机，“人头楼和青云市场在一个地方吗？”我问。“不远，在一个地方，绥芬河很小的。”看我起身扛上三脚架，小姑娘很认真地问了一句：“您是摄影师吗？”我怔了一下，边走边回答：“嗯，快了……”

在绥芬河街头行走，让人怀疑到了俄罗斯的某个远东城市。

绥芬河与俄罗斯远东最发达的滨海地区接壤，绥芬河在满语中是“锥子”的意思，因其河里生长着一种尖锐如锥的钉螺而得名。而那条叫绥芬河的河流，却发源于长白山麓，在万山丛中蜿蜒奔涌，向东注入了浩瀚的日本海。作为一座边境城市，绥芬河市坐落在海拔五百多米的山坡上，和重庆一样拥有“山城”的称号。它是目前中国通往日本海的最大陆路贸易口岸，距离俄罗斯口岸波格拉尼奇仅16公里，距远东最大的港口城市海参崴（符拉迪沃斯托克）二百多公里……

绥芬河大白楼，是建造中东铁路时期员工住的一栋俄式建筑。

这里遍布泉水和木材加工厂，20世纪二三十年代，客商云集，繁华一时，享有“国境商业都市”之称。

曾经的辉煌使这座城市遗留下太多昔日的记忆，在不经意的某个拐角，总静静地伫立着一栋百年建筑，尽管外墙的色泽已在岁月中渐隐，显得斑驳不堪，但是原初的风格和精雕细刻在今天看来依然魅力无限。小城的楼房都呈欧式风格，那些圆顶盖、尖顶式、阁楼型等哥特式、中世纪风格的古迹随处可见。著名的建筑有修建于上世纪初的俄式风格的火车站、建造中东铁路时期员工住的俄式大白楼、东正教堂—— 协达亚·尼古拉教堂、人头楼、俄国领事馆等。

小城的楼房都呈欧式风格

看不到一辆自行车的小城

KAN BU DAO YI LIANG ZI XING CHE DE XIAO CHENG

小城依山而建，顺着山势缓缓向下探伸，阳光柔和地闪耀在美丽的街道上，抬头仰望不断上升的坡道，会觉得两旁的高楼也在身边倾斜，而那些深藏其中的小巷总散发着诱人的气息，让我忍不住拐进去一探究竟。我发现小城像座迷宫，明明就耸立在视野中的建筑，靠近它却要绕上半天，而突然间会钻出一条小路，让距离变得近在咫尺。绥芬河的马路几乎没有平坦的，全都是那种倾斜的坡路，街道上看不到一辆自行车，当汽车在身边驶过，沿着坡道向下俯冲，好像给人有种刹不住车的惊险，但每每总是安然无恙。天一下雪，马路上便变得寸步难行，我穿着笨重的冬装，小心翼翼地在路上蹭行，那些沿街的商店都是半地下室的，往往要走下两个台阶才能进入店

绥芬河郊外的中俄互市贸易区

堂，反而给人一种特别安全的感觉……

绥芬河地处东北的最东部，这里群山环抱，据说夏天的早晨，四点钟天就亮了。在《中俄北京条约》签订后，中国大片的远东领土被割让，才使得原本内陆的绥芬河地区成为边境。在民国时期，这里曾出过一个风云人物，那就是不知道自己有多少位姨太太，不知道自己有多少金条的张宗昌。他进驻绥芬河时，仅率领一个营，后来不断收编各地的散兵和土匪，成为奉系劲旅……

市内的出租车起步价为 5 元，即便开在郊外的中俄互市贸易区，也只要 12 元左右。在国门附近，我看到不远处伫立着一座蓝色的东正教堂，于是示意司机把车开到那里。司机笑着说：“那得多少钱呀？”我疑惑地问：“不就是在眼前吗？”司机将车靠到路边，告诉我那边就是俄罗斯了。此时，我才惊讶地发现：不远处的国境线上拦着长长的铁丝网……再往前迈几步就是国界了，边境线两侧都是一样的山脉，一样的森林和天空，但却是另一个完全不同的国度了。

中国人的异域，外国人的故乡

ZHONG GUO REN DE YI YU , WAI GUO REN DE GU XIANG

旅行的节奏在边城变得舒缓，我开始松懈下来。一到夜幕降临，小城就变得热闹非凡，街道两旁的练歌房和发廊亮着粉红色的灯光，装束暧昧的女子坐在门口等待客人光顾，到处响着东北口音：“老板，稀罕妹子，就进来玩一下哈！”马路对面的性保健品商店的门口，贴着一张令人莞尔的广告——“阿根挺”。在路边摊上，我听见两位少妇高声地闲聊，其中一位浓妆艳抹，却有着小家碧玉般的姿色。“东北女人好看、能干。”一路上经常听南方旅行的人聊起，“她们有点像陕北的女人，个子高，皮肤白，体态匀称……”而这座城市给我的印象

充满异域风情的绥芬河街头

绥芬河大街两边的店铺招牌都用中、俄两种文字标识

是，女人比男人更能干，更有力量。

我有喜欢逛杂货摊和小吃店的习惯，因为那里永远保持最鲜活的市井生活，能瞬间拉近自己与这个地方的距离。坐在早点摊、茶水铺里听当地人讲奇闻轶事，对于我来说，这些原汁原味的生活细节，一切都散发着诱人的气息。

漫步在绥芬河的街道上，我时常有种游荡在某个欧洲小城的错觉，大街两边的店铺招牌都用中、俄两种文字标识。中心广场附近开着密匝匝的俄罗斯商品专卖店，听客栈的老板娘说，那些所谓的俄罗斯商品其实多是中国生产，尤其是紫金商品千万不能购买。这里到处是繁华、忙碌的场景，店主们的俄语水平令人吃惊，几乎所有的生意人都能用俄语和对方砍价。商场里不时播出俄语广告，所有的商品都用“卢布”标价，俄罗斯人一进商店，售货员马上迎过去用俄语打招呼，紧跟在他们身后介绍商品。有人告诉我，想在绥芬河买俄罗斯商品，一定要敢于砍价，不能被标价迷惑，那些100元的商品基本只值20元，不卖就立马走人……

绥芬河街头寒风中的冰糖葫芦也是一串串温暖的记忆

据说苏联解体后，绥芬河的经济也得到飞速的发展，和其他与俄罗斯相邻的边境城市相比，绥芬河显现出蓬勃的活力，新建了许多俄罗斯人向往的度假、居住和购物的小区，满大街都是俄罗斯商品、酒吧和西餐馆。这座城市有一个非常有意思的定位：让所有来绥芬河的中国人都有一种出国的感觉，让所有到绥芬河的俄罗斯人都有一种回家的感觉。这让人想起一句能形容所有边境城市的话：中国人的异域，外国人的故乡。

只需十分钟便可离开中国

ZHI XU SHI FEN ZHONG BIAN KE LI KAI ZHONG GUO

在绥芬河的宾馆、车站、大街和公路边，到处可以窥见那些金发碧眼的俄罗斯人，他们有来旅游，或做服装批发和日用品生意的。其中不乏长得非常漂亮的俄罗斯女郎，身材火爆得令人无法收回注视的目光。年轻的俄罗斯女孩，

青云市场内购物的俄罗斯姑娘

大都个子高挑，皮肤白皙，双眼闪烁着大海般幽蓝的波光，走路快速而充满韵律，周身洋溢着一种神秘、迷离的气息。而那些俄罗斯汉子，也并非是影片中所见过的大力士，竟然矮小得多，远没有中国男子阳刚伟岸。以至于我看到美丽的俄罗斯女郎挽着一个丑陋猥琐的小男人，就为她们深感委屈。当地人老爱说俄罗斯人是倒姐，那些辛苦倒腾的多是一些中年妇女，清晨，她们提着空空的大袋子进入中国，下午则携带着大包小包的小商品，由绥芬河海关回到俄罗斯。她们几乎都有着河马般肥胖臃肿的身躯，与我

看到的拥有魔鬼般身材的俄罗斯少女截然不同，两者的差别实在太大了！晚上，在玛克西姆餐馆就餐时，我发现邻桌一位俄罗斯妇女，一个人就要了两扎啤酒，半公斤牛排，两块涂满黄油的大面包，还有一盆红汤。天啊，这就是她一餐的食物总量？！难怪长年累月，少女的长腿上，从此挂满了多余的脂肪，那些曼妙绝伦的倩影，就这样悄然地消失在人们的视线中。

东方小莫斯科、北方深圳、商旅名城……边境小城绥芬河，每天以它美丽的表情，小巧玲珑的身姿，接纳川流不息的人群。在绥芬河，我咨询过旅行社，出境前往俄罗斯的乌苏里斯克（双子城）和海港城市海参崴（符拉迪沃斯托克）旅游，四天时间，费用只需 1000 元，而且签证也非常容易，带好护照，旅行社就能搞定一切！在这里，无论乘坐火车或者汽车，只需十分钟便可离开中国，踏上俄罗斯远东那片蔚蓝而神秘的土地。

绥芬河中俄商厦

站在异乡的街头，呼吸着冷冽的空气，我一直觉得旅行的意义在于：让浑浊的双眼和日渐麻木的心灵，重新找回那份清澈和感动，尽管这世界依然是那样的喧闹与无序……

雪乡：穿越冬天的童话

大客车全线停开

DA KE CHE QUAN XIAN TING KAI

从牡丹江到海林市很近，沿途依然是漫天的冰雪，火车车厢的过道处都结满了冰霜，雪不断地从铁皮的接缝中渗进来，旷野中的村庄沉睡在无边的冰雪里，只有偶尔升起的炊烟醒在风中。

到了海林市是傍晚五点，但天已漆黑，搭上一辆前往长汀镇的小车，司机下车帮我把背包放进后备厢。前座是一个光头的东北大汉，后座窗户边坐着一个身体肥胖的中年男子，衣服沾土，头发蓬乱。而挨着他的是一位宽肩红脸颊，操着一口东北口音的妇女。我尽管还没有搞清楚他们的关系，但发现有女性在场，也就放心了许多，于是就挤进了那辆红色的小汽车。司机姓孟，是长汀土著，他说昨晚一场豪雪，足足降了三十多厘米，让今天的大客车全线停开了。他说这条路他开了十多年，但夜晚行车仍心有余悸，尽管道路笔直宽阔，但积雪在黑暗中闪着亮光 ，而迎面而来的车辆都会打上大灯，那灯光照射在雪地上显得特别耀眼。司机说这话时，深深地叹了口气。一路上，只听见小车发动机的轰鸣和车轮在积雪上碾过的“嘎嘎”声，头顶不时传来“噼噼啪啪”的声响，我猜测是雪霰或冰雹了。从交谈中得知，同车的那三个是赴长汀奔丧的，他们是一家人，因为弟弟中午喝酒突发脑溢血去世。一路上，坐在我身边的中年妇女始终抑制不住低声地抽泣，车窗外是无边的黑暗和风雪，这一切让我的旅途弥漫着一种忧伤的气氛。

司机小心地在雪地上行驶，遇到结冰的路段，车速就显得特别缓慢，原本一小时的路程，足足行驶了两个半小时，我双手紧紧抓着门把手，直到远处出现大片灯光，借着路灯，我瞥见指示牌上“长汀镇”的字样，才长长地舒了口气。

门牙掉到路边的坑里了

MENG YA DIAO DAO LU BIAN DE KENG LI LE

第二天早晨，我迎着北风出门，令人沮丧的是，在客运站附近吃了份早点，六点四十分钟的大客车眨眼间却变戏法般地悄悄开走了。接下来只有与人拼车前往雪乡，同车的是一对湖北夫妇，男的姓姜，高大、皮肤黝黑，穿一件红色的冲锋衣，带着一包沉重的摄影器材，因为有共同的爱好，一路上我们聊得很投机。他当过兵，退伍后下海经商，因为酷爱摄影，十几年来跑过许多地方。他向我描述不久前去过的冈仁波钦，他说那是一座熠熠发光的金字塔，当时阳光恰好照射在顶上，正在他拿出相机拍摄时，突然云雾笼罩，冈仁波钦隐去了神秘的容颜，成了他西藏之行的一个遗憾。他侧过脸对我说：“如果拍下来，那将是一张目前为止最好的照片，因为时间、光照、背景、角度都特别好。”

聊到在路上的艰辛，姜大哥指着三颗门牙告诉我：“这些都是假的。一次在路上摔倒，原来的门牙掉到路边的坑里了。”他还说到在非洲肯尼亚拍摄野生动物的经历 ，在那段日子里，他拍摄了长颈鹿幼崽第一次学走路、一只雌性美洲豹教导孩子捕猎、一头猎豹击败了一只无助的瞪羚等令人震惊的场景……“有一次在马赛动物园，坐的是辆破旧的报废军用车，板凳靠在窗边，要站起来才能隔着栏栅看到外面。天色渐暗，车子突然熄火，再也发动不起来，四周没有经过的车辆，手机信号全无。司机只得冒险下车，打开车前盖捣鼓一阵，发动机吼叫了几声，最后竟连一丝声音都没有了。我们爬上车顶，声嘶力竭地呼喊，可黑暗中没有任何回应，突然，一阵凄厉的叫声划破夜空，只见前方十几米处，微弱的星光下，闪着几双绿眼睛。我们以为是狼，可黑人司机说：‘不，这里没有狼，是鬣狗，可它比狮子还凶。不过在车里，它们也奈何不了。’那一夜我们三人怀着恐惧在车里待到天亮……”我们共同感慨旅行的苦乐，那些买不到票，住不上宾馆，前方道路坍塌，临时改变线路及行程，被迫流落在旅途中某个小镇，啃冷馍喝凉水，都曾经是旅行中遭遇过的经历。

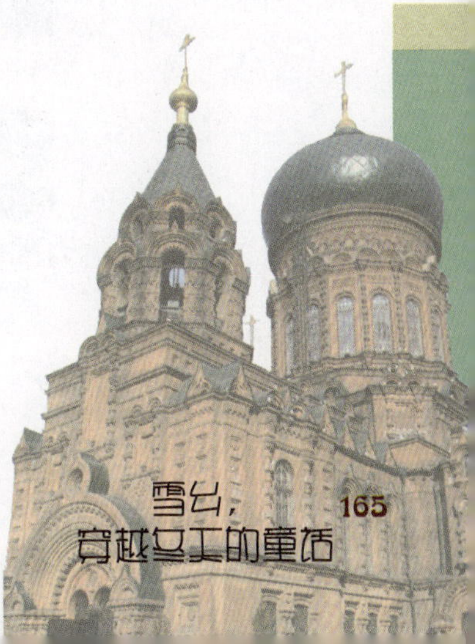

熟稔“黑白”两道的司机

SHU REN "HEI BAI" LIANG DAO DE SI JI

从长汀进入雪乡的道路全被积雪覆盖，看不到黑色的路面，蜿蜒曲折的公路在雪地中无限延伸，积雪高达数尺，白茫茫不见踪迹，汽车只能沿着车辙前行，沿途北风席卷着雪团在山坡上游走，不断有硕大的雪球搁压在树丫上，很多树木因承受不住重压而拦腰折断。此时，雪愈发的密集，大片大片地飘散过来，车窗外的能见度很低，四周是寂静的白色世界，只有汽车的发动机在低吟，道路两边全是厚实的积雪，只有路中间雪少一些，看不出路和山沟的分界在哪里。大家都屏气闭息，死死盯着前面的道路，不敢大声说话，怕分散司机的注意力。值得庆幸的是，司机熟稔“黑白”

炊烟升起时，清晨的雪乡让人感到温暖。

两道，小心地沿着洁白的雪线，在冰封的海浪河边缓慢行驶。每当货车轰鸣着从对面驶来，感觉山路都在震颤，我想：倘若换成南方的司机，在这冰雪山道上不知道会发生怎么样的险情了。

没到东北之前，我就听说雪乡是个奇异的冰雪秘境，在冬天的黑龙江旅行，它几乎是一个无法回避的地方。

从地图上看，雪乡位于牡丹江海林市长汀镇，是张广才岭和老爷岭的交汇处，这里山高林密、层峦叠嶂，是红松母树林的故乡，曾因杨子荣活捉匪首座山雕而闻名于世。它四面环山，住户仅百余家，每年贝加尔湖南下的冷空气与日本海的暖湿气流交锋，形成丰沛的降雪，都覆盖在这个小盆地上。由于气候条件十分特殊，夏天多雨而冬季多雪，素有“天无三日晴”之说。在这片土地上，每年积雪期竟长达七个月，雪深达两米。雪花从十月开始飘落，直到第二年的初夏。一百多个日子总深陷在风雪中。

越接近双峰林场，雪就下得越大！终于在两个半小时后，穿越了苍莽延绵的林海雪原，隐藏在山坳中的雪乡才渐渐出现了。

要不房顶也会压塌

YAO BU FANG DING YE HUI YA TA

一下车，那雪厚得竟让我有种倒吸冷气的感觉。到处是悬挂着红灯笼的木刻楞房，我和姜大哥夫妇在一家农家旅馆安顿下来，稍作休息，我们就背起相机出门了。一到屋外，最先看到的是每户人家房顶上突兀延伸的雪檐，厚厚的白雪覆盖在屋顶上，有的竟从房檐低垂到地上，严严实实地把木屋包成了雪堡。皑皑的白雪沿着屋檐、板壁、柴堆、篱笆桩倾泻而下，随风形成各种奇特的造型，它们层层叠絮，变幻为美丽晶莹的蘑菇云、奶油蛋糕、雪熊等，而院子都是用木栅栏围成，在雪地上投下一排排黑白琴键般的光影。倘若没有烟囱中冒出的炊烟，你很难相信那些寒冷的雪堆里，居然深藏着人间气息。在整个漫长的冬季，雪乡一直被燃烧的白雪所覆盖。

梦幻家园中的雪景

在积雪和木栅间穿行，远山、道路、

木屋、炊烟……一切都美得令人窒息。路两旁的雪深可没膝，听着脚底发出“咔嚓、咔嚓”的声音，整个世界都是银白色的，到处是探出屋檐的雪舌，

梦幻家园中的雪景

落在栅栏上的雪和树枝上的雪挂，微风过处，卷起的雪雾仿佛一层白纱。整个雪乡全是错落有致的低矮平房，当地人总在房屋旁搭间小木屋，作为堆放杂物燃料的柴房，门前只有一条狭窄的小路，从冷得彻骨的屋外通向温暖的室内。

雪乡每户人家的屋顶上都积压着白雪，层层叠叠，竟达一米多厚！

门分两层，往往进了第一扇门后就随手关上，再推开第二扇门，这样可以避免寒气进入和暖气的流失。

那些靠山人家的房屋后檐几乎和山坡连成了一体，只露出屋顶的烟囱和积雪掩埋的半个窗户。在一家民居，姜大哥发现了极为曼妙的积雪，层层叠叠足有一米多厚，从房顶平铺而下，篱笆墙上挂满了

玉米和红辣椒……我们推开门，好奇地询问房屋的主人："你家的雪得经多久才积成这样？"主人伸出两个手指，笑着说："两次！如果下得大，每次差不多就有七八十厘米。雪厚了还得不断铲除，要不房顶也会压塌……"

整个雪乡全是错落有致的低矮平房

整整一天都在雪中徜徉，我喜欢雪影神秘而透明的幽蓝，即使阴天时，那种素白的灰调子，也像是一幅冷寂、静谧的水墨画。有时，我怀疑自己是否还置身于尘世之中，在这里，总能找到属于童年的某种想象，雪令我变得恍惚，甚至觉得自己的身体也开始变得和它一样轻盈。

蓝天、白雪、红灯笼，雪乡像是一个真实的童话世界。

姜大哥夫妇是对理想的旅行者，他们把旅行当做了生活常态，曾经在巴西旅行了三个月，每天都过得很放松，白天四处转转，晚上去泡吧，感觉就像生活在那儿的当地人。他甚至告诉我，如果想去周游世界，就不要放弃任何机会。千万别想着先挣钱，等挣够钱再去，因为到时候又会有很多事情找上门。

我望着他们夫妇在雪地中的身影，想起那本曾被旅行者捧为圣经的书——《在路上》。凯鲁亚克徒步或搭车，几次横越美国大陆，最终抵达墨西哥。或许他太激烈、超前，但作为一种精神，始终激荡着旅行者的心灵。

夜晚是从下午四点半开始

YE WAN SHI CONG XIA WU SI DIAN BAN KAI SHI

雪乡不大，只有一条主干道叫雪韵大街，几分钟就可以把集市走遍。每一个商铺门前都挂着红灯笼，里面是典型的东北商品，墙上是帽子和狐狸围脖以及各种毛皮披肩，鹿茸、五味子、刺五加、人参、木耳、银耳等山货堆满每个角落。而街上的狗除了拉着雪橇飞驰外，其余时间就极其慵懒，耷拉着耳朵趴在门口晒太阳，任你怎么对它按动快门，它也懒得正眼瞧人。但也有凶悍无比的，我们三人就曾被四条狗隔着栅栏狂吠不止，最后仓皇地落荒而逃。

现在的气温大约在零下三十度左右，口中呵出的热气，转眼就在眼镜片上结成厚厚的冰帘。在雪地中行摄，我们都忘了“雪乡的夜晚是从下午四点半开始”，直到看到屋顶上升起的炊烟，才突然发现暮色已浸染了整座山村。此时，积雪中百余户居民区仿佛一个个参差不齐的“雪堡”，安静地端坐在天地间，远处不时传来一两声犬吠，那些门窗上倒贴的大红“福”字，舒缓而平和的雪线，勾勒出一个无比宁静的黄昏。

双峰林场居住着几十户林业工人，他们已经在这里生活几十年了。近年，由于雪乡声名鹊起，各地的旅游者蜂拥而至，他们把自己的家装修成旅馆。多数驴友到雪乡都喜欢住在当地人的家里，体验火炕的滋味，雪乡树林多，烧炕

夜晚的积雪已像梦一般深

用的都是木柴。那些农家客栈，大都是老式的土坯房和木楞房，底下还隐藏着神秘的地窖，而家里的火灶，其烟道直通墙和炕，一顿饭做好时，屋子也被烧热了。林场工人的宿舍就像一个个雪包子洒在山坳间，每家门口都扒出一条雪道，这些雪道与大街相汇，成了网络密布的雪壕。院子里的小雪山，是铲雪开道时堆下来的，鱼肉等食物往雪里一扔，等到烧菜时砍下一块就行了。我们居住的毕大姐家，房子是一长溜的，就像一截小火车。她家到处摆设着花草植物，室内洁净温暖，我睡的地方靠着巨大的玻璃窗边，躺在温暖的炕上，热量从背脊上渗上来，阳光斜照，眯着眼看窗外闪烁的雪山，看风中摇曳的树木，觉得在这个世界上已经不再需要另一个天堂！

雪乡的夜晚是从下午四点半开始

毕大姐家有一个很大的靠山的后院，两个地窖，一个在厨房下，一个就在我居住的房间里。夜晚的雪乡气温骤降，游人们的身影零星地消失在夜色中，

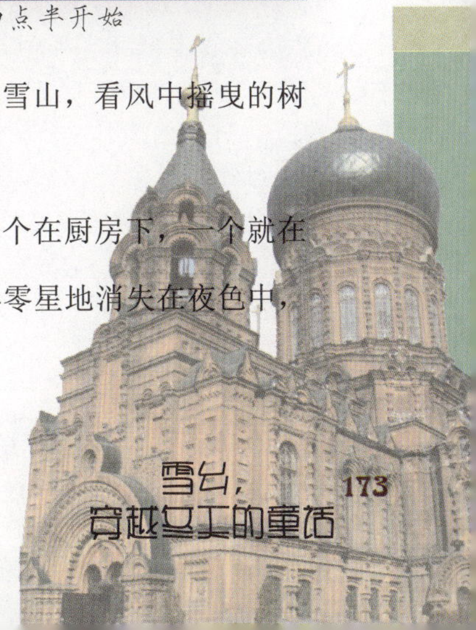

雪乡的夜晚，木屋的小窗透出橘黄色的光，一切都温暖、静谧得让人心疼。

回到客栈脱下鞋子，才发现漏进鞋里的积雪，融化后结成了一串串小冰球。热情的主人已经准备好饭菜：猪肉炖酸菜、黑木耳拌大白菜、黏豆包、玉米饼，东北大米清香甜糯。我仿佛又回到了家中，此时，窗外的雪已变得像梦一样深蓝，远处木屋的小窗透出橘黄色的光，一切都温暖、静谧得让人心疼。

每年七个月的积雪期

MEI NIAN QI GE YUE DE JI XUE QI

毕大姐的丈夫姓傅，是个沉默朴实的东北汉子，可一打开话匣子，就变得滔滔不绝。他以前是伐木工人，也在林场当过锅炉工，每天铲四吨煤供全村人取暖。双峰林场的居民收入主要靠木材，那些闯关东的人们，最初被林海雪原无尽的宝藏吸引，扛着油锯义无反顾地走进这片冰天雪地的老林子。

空气弥漫着雪野清新的味道，在北国，只有雪乡，才是真正的雪的圣地！

这儿虽然獐子、狍子满山跑，但住着低矮棚屋，吃着粗茶淡饭，生活依然非常艰辛。以前，雪乡的冬季很少看到壮汉，因为那是个伐木的季节，很多男人都远离家人上山锯木。在雄浑的伐木号子中，他们的生命年复一年地在寒冷的林间流转。他说自己打

积雪中居民区仿佛一个个参差不齐的“雪堡”

心底感谢20世纪80年代那几个闯进雪乡的摄影师，他们是宣传双峰林场的功臣，当时他们拍掉了身上所有的胶卷，意犹未尽地离开这里。再后来大批的摄影发烧友便蜂拥而至。随着雪乡的风景不断在媒体亮相，那些照片参与国内外摄影大赛屡次获奖，双峰林场的名气也越来越大，来这里旅游的人数开始呈几何级成倍增长。雪乡人开了许多家庭旅馆，现在的日子过得可殷实了。他们一家还计划在海林市买房，他说儿子已经结婚成家，因为雪乡没有幼儿园和小学……

因为雪大，很多老年人一辈子都没有出过大山，因为雪大，他们无从知晓外面的世界。可当我问起：“每年七个月的积雪期，你们会不会厌倦下雪呢？”他点燃了一根烟，笑着说：“都已经习惯了呀。”见我不出声，他便反问：“难道你不觉得雪乡很干净吗？”是啊，这里的空气弥漫着雪野清新的味道，我想：在北国，只有雪乡，才是真正的雪的圣地！

以为要遭遇灭顶之灾

YI WEI YAO ZAO YU MIE DING ZHI ZAI

昨晚睡得真好，居然还做了一个好梦。第二天早晨五点，敲门叫醒我的是姜大哥，他状态好极了，已经穿戴整齐，扛着三脚架在门边等我了。为了拍摄雾凇，我们准时赶到了上车点，上山的车，都是用越野吉普和小旅行车改装成的坦克车，车盘巨大。我发现车窗早被冰雪冻得严严实实，驾驶室前的窗玻璃上外加了一层防冻的透明玻璃。车在亚雪公路上行驶，因为车内与车外的温差太大，司机的窗玻璃被乘客呼出的热气所模糊，路上结满冰雪，车子就一直小心地滑行，司机还得腾出一只手来抹玻璃。外面什么也看不见，我的心悬到了半空中，每一根神经都绷得紧紧的，双手死死地抓住车把手。但司机

林海雪原深处，总让人幻想是否隐埋着神秘的偷猎者？

海拔一千六百多米的老秃顶子山

毕竟车技老道，不断地安慰大家："放心吧，没事的。我天天都这样开的，一定保证你们安全到达。"

到了雪谷的入口处附近，换成装着履带的山地摩托，朝海拔一千六百多米的老秃顶子山继续前进。一路上，姜大哥举着相机，手忙脚乱地大喊停车，我却不以为然，想得更多的是，在密林深处是否隐埋着神秘的偷猎者……

这里有最密的林海，最壮观的雪松、冷杉，最洁净的雪原，比雪乡的积雪更厚更白！山地摩托沿着陡峭的雪道一波一颠地向上爬，最后停在林中的开阔地上，接下来是一段徒步的山道。不时有雪团从树枝上簌簌而下，到处是倒伏的参天大树，上山的路已经被大雪覆盖，我们只能沿着有脚印的地方，拄着登山杖，小

雪乡美得像一个幻觉，但它却是最真实的存在着。

阳光，炊烟，独具特色的院门，在这里一切都显得宁静而温馨！

心翼翼地往上爬，越往上走，雪变得越深，我试图从一米多宽的雪丘上抄近路而过，谁知右脚踩到雪丘上，刚一发力，雪一下就没过大腿，重心前倾，想抽身时左脚已站立不稳，我以为要遭遇灭顶之灾了，吓得胆战心惊，赶紧连滚带爬逃离了是非之地。前方是一块平坦的雪地，但没有任何脚印，积雪太深！我朝着山顶的方向叹了口气，终于不敢冒险前行了。

站在高山上，眺望远处苍茫的群山，强烈的雪光刺得眼睛生痛。迎面的寒风像刀子一样切割脸部，相机的机身已经结冰，我伸手调整一下三脚架的云台，顿时感到疼痛刺骨，很快就麻木得失去知觉……估计山上的气温在零下三十多度，虽然没有看到传说中的雾凇，但银装素裹的原始森林已带给我从未有过的震撼！半小时后，我们瑟缩着身体，拉上冲锋衣的帽子，步履踉跄地返身下山了。

在新的一天里，那些白雪上袅袅四起的炊烟，让村庄在冰雪中重新醒转。

重新回到雪乡，看着阳光慢慢地在村庄中移动，它躲躲闪闪，好像随时会被风吹走。路上那些戴着狼皮帽、穿夹皮袄、坐着狗拉雪橇车拉货的农家汉子，像道幻影在红灯笼中一闪而过。村头伐木工人的民房，已被霞光笼罩，在新的一天里，那些白雪上袅袅四起的炊烟，让村庄在冰雪中重新醒转。在雪乡旅行，在零下三十度的旷野中，我时常忘记了寒冷，忘记这是离家千里的北国林区，我想：所谓温暖，其实并非只是身体的需求，而更是一种心灵渴望的温度。

亚布力：滑雪者的天堂

被大嗓门的女售票员轰下了车

BEI DA SANG MEN DE NU SHOU PIAO YUAN HUN XIA LE CHE

雪乡没有直达亚布力的班车，姜大哥夫妇下一站的计划是前往哈尔滨，我独自乘坐早晨五点二十分到牡丹江的大客，准备在海林市下车。这趟大客车的车玻璃上都蒙着一层塑料薄膜，使得窗外的景物显得更加影影绰绰。

漫长的旅行把我带到了一个个陌生的地方，现在，我只是沉默地看着车窗外一闪而过的村庄：太平沟、柳河、七峰、青坪……我猜测它们可能是一个乡，也可能只是一个村。它们真实地存在于这个世界上，可地图上却很少见到它们的名字。望着那些在阳光下渐渐醒转的村庄，我似乎闻到了它们的气息，但无法探知它们的源头和血脉。对于那些陌生的地名里蕴藏的秘密，我永远只是一个匆匆的过客……

从海林市去亚布力镇不远，我在路上拦了辆客车。长途汽车就像小镇上的杂货铺，客车的走道里、发动机的机盖上都坐满了人，大家紧挨着身体，呼吸着彼此的呼吸。我和一大堆包裹与陌生人挤在一起，和他们一起盯着车厢前头挂着的那台电视机，乘务员担心旅途使人厌倦，总是把音量调到最大，我奇怪地发现人们并不惧怕噪音，却惧怕旅途的安静。

百无聊赖中，一对夫妇引起我的注意，他们挤在狭小的车门口，女人穿着白色羽绒服，两手交叉握在一起，挡在她膝盖前的是一个塑料袋，男人则身着深色的棉大衣，左手抓着扶手，右手撑在身后。他们看起来不过三十来岁，有着平庸、容易淹没在人群中的面孔。但让我难忘的是他们的神情，女的低垂双目，忧伤似乎要顺着鼻梁滑下来，而男的双眼盯着前方，眼神却是那么涣散，他们共同的情绪是淡漠，仿佛已被北方的风雪冻僵了表情。当售票员挤到他们面前，两人鼓捣了半天，仅掏出五元皱巴巴的纸币，结果被大嗓门的女售票员轰下了车。汽车重新启动了，看着他们瑟缩着身体蹲在路边的风雪中，我心里一时竟说不出是种怎样的滋味。

旅行进行了两个多月，我对旅途的感受开始减弱，陌生的广告牌、沿路一闪而过的村镇不再带来新的刺激，觉得一切都似曾相识，然后开始厌倦和视而不见，看着车窗外冰封的旷野，脑中也变得空空如也……

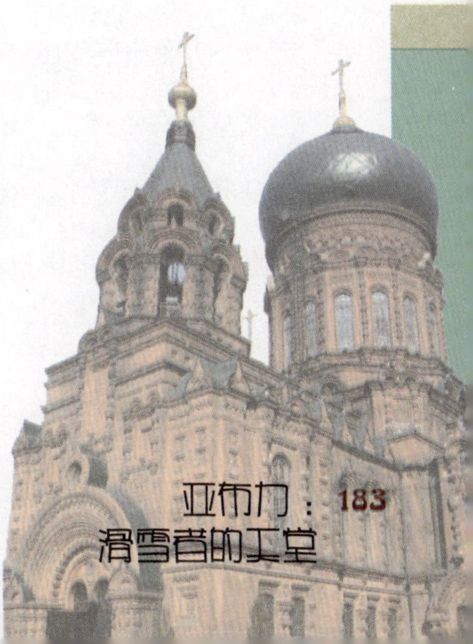

五十元，自己登记！

WU SHI YUAN ZI JI DENG JI !

亚布力镇留给我的印象是它的清冷和落寞。下午六点钟，零下三十度，街上行人稀稀落落，大部分商店都已打烊，我站在一家糕饼店门口抽烟，店门口的高音喇叭一直不知疲倦地重复播放着一条短语：蛋糕麻花小甜饼……

我终于发现一家还在营业的饭馆，有辆货车停在门口，里面稀落地坐着几个顾客。一位满脸堆笑的胖大嫂递上菜单，“大哥，吃点啥？咱这里啥都有。”我接过菜单一看，眼前是一片晕眩，里面的菜贵得离谱，于是胡乱点了土豆炒木耳、红烧带鱼和排骨汤。上菜后发现那鱼好像还没洗净，腥得呛人，一看黑黑的排骨，估计至少放了一个星期。

吃完饭开始找旅馆，天寒地冻的小镇，静得仿佛没有生命存在。我踩着积雪，朝着有灯光的地方慢慢前行，转了几条巷子，拐进了一间小旅馆，昏暗的灯光下是登记台，边角的床上躺着一个看不清面目的中年男人。见有客人来，他就从被窝里掏出登记簿和一把钥匙甩给我。“五十元，自己登记，209房。”这是间两层的旅馆，上楼时我窥见其中一间像教室那么空旷，摆着六张床，床单雪白，恍惚是电影中战时医院的病床，只是不知上面是否睡过杨子荣式的人物。

夜里，旅馆静得可以听见窗外的北风和远处货车碾过雪地的轰鸣声……

东北男人太爷们了

DONG BEI NAN REN TAI YE MEN LE

第二天上午，载我前往亚布力滑雪场的是位女司机，今年32岁。她前额的刘海给人的感觉像一把刷子，脸色白皙，五官小巧，这使她看上去像是个放大的瓷娃娃。

“东北男人太爷们了。”人们总是这样说。一路上，我和当地人的攀谈基本都是“本地人有什么特色啊？”“北方的冬天都干些什么啦？”……我有时也会问：“您一个月挣多少钱？”但我耳中听到的总是“物价高，不够花的”。

眼前的司机却毫不掩饰对自家男人的抱怨，说他赖在一家濒临破产的国企里，每月挣一千多元，却不愿意到南方闯荡。她是个豪爽的女人，喜欢喝啤酒和抽烟，她给别人当过营业员，后来买了出租车，准备开上三年挣些钱，再把车一卖，或许能在牡丹江做点小生意……

创业呗！自己创业多好

CHUANG YE BEI !ZI JI CHUANG YE DUO HAO

不知道什么原因，亚布力的风特别的大。从亚布力镇到亚布力滑雪场，一路上，积雪不断被狂风卷起，它们贴着路面盘旋，如同西部的风沙……黑龙江的冬季旅游，除了观赏冰雪，而滑雪者神往的天堂就在亚布力了。

亚布力滑雪旅游度假区位于长白山系余脉张广才岭西麓的大锅盔山脚下，它隶属尚志市，靠近牡丹江，是亚洲最大的滑雪场。这里有两千多米长的高山滑雪道，自山顶开始倾泻而下，远看仿佛一条白色的哈达铺在山坡上，大部分雪道坡度都很大，到了山脚才突然变得平缓。锅盔山最高峰海拔一千三百多米，像一只大锅扣在地上，山顶圆圆的，四周却

亚布力度假旅游区内极具俄罗斯风格的建筑

亚布力滑雪旅游度假区

山坡陡峻。现在，三锅盔已经开辟为大型旅游滑雪场，而大锅盔和二锅盔曾是第三届亚冬会赛道，是国家滑雪运动员的训练基地。

亚布力在清代时曾长期作为皇帝和清朝贵族狩猎的围场，原名“亚布洛尼”，是俄语“果木园”的意思。“亚布力”的地名是苏联人在哈尔滨一带修筑铁路时命名的，据说当时有人发现了大片的野生苹果，惊喜地用俄语高呼：“亚布路力！亚布路力！”后来这个村子就成为人们心目中的苹果园。

我住在新闻中心的通信宾馆，当我向总台的收银员询问有关亚布力的事，她总是不停地重复：“亚布力没什么特点，除了滑雪，就是风大！”她的眼皮耷拉着，连浓妆也掩饰不了脸上的疲惫。当她不说话时，一丝冷漠就挂在嘴角上。她正在翻书，我无意中发现那是本畅销书——《富爸爸，穷爸爸》。

“这本书好吗？”我试着问她。此时，她立刻像变了人似的，明显活跃起来：“很好呀，我现在虽然没钱，但这本书让我看到了希望。”

“那你的希望是什么？”

“创业呗！自己创业多好，就不用像现在这样上班了。”……

亚布力，一个激情四溢的地方

YA BU LI ,YI GE JI QING SI YI DE DI FANG

亚布力度假区的白天很冷，在户外，我戴的口罩贴在脸上呼不过气，只好把它脱到鼻子下面。缺少了从口中持续呼出的热气，几分钟的时间口罩就结冰了，变得硬邦邦的。想掏出手机查看一下当天的气温，温度毕竟太低了，我的手机刚从口袋里拿出来，就很快关机了。

整个滑雪场处于群山环抱之中，山高林密，极端最低气温在零下四十四度，年平均气温零下十度，亚布力的雪质丰厚，硬度适中，积雪期长达一百七十多天，积雪最深可达一米以上。走在雪地上，感觉跟在雪乡完全不同。在雪乡，踩在丰厚而松软的积雪上，膝盖几乎全陷了进去，鞋子也会发出“嘎吱嘎吱”的声响。而亚布力的雪地却是坚硬的，难怪到处可以看见滑雪道，看到那些擅长滑雪的人们，潇洒地在平地、斜坡和岗谷中飞翔的身影。

亚布力是个激情四溢的地方，一个个色彩鲜艳的身影，在宽阔的雪场各处涌现。他们或蹒跚学步，或飞驰旋转。在这里，听到最多的一句话就是：“三天，给你三天，你就会痴迷得不可救药！” 现在，白天的气温低得令人瞠目结舌，万物都凝结成冰霜，我的帽子，口罩，甚至睫毛上都结满了小冰疙瘩。连眨眼都变得很不容易，在风雪中如果一闭上眼睛，睫毛就好像被粘住了似的……

黑龙江体育局滑雪场上的滑雪爱好者

雪场上大多数游客的滑雪水平都不高，通常只能在初级道上溜达。但在亚布力，经常会听到有关六号道的故事，一千五百多米长的中级雪道，从整体上看宽敞平坦、线条流畅，雪道宽达十五米，可以想象在上面滑雪的刺激程度。那是一条被誉为“幸福大道”的滑道，据说不到六号道一试身手，就不能算是真正到过亚布力滑雪。

用三个跟头结束初级雪道的滑行

YONG SAN GE GEN TOU JIE SU CHU JI XUE DAO DE HUA XING

午后，我来到省体育局滑雪场，这里的滑雪项目是自助的，两小时 120 元，租滑雪服一套 50 元，请教练一小时则需 50 元。我交了押金，提着滑雪板、滑雪鞋和两根长长的滑雪杖。旁边的教练替我穿上雪靴，等到站起来时，却突然发现连路也不会走了，厚重的雪靴裹在脚上，只能一点点挪动，教练跑到我的身后，然后慢慢地把我推到滑雪场。站到雪地上，先练习刹车，教练说，两脚往里倾斜，就可以刹住。可是我却始终不得法，此时，教练堵在我的前头说："你不用害怕，我会始终在你旁边。就这样，你往前滑，我倒着滑，拽着滑雪杖，你就不会摔跤的。"练习刹车后，我就按照教练的要求，两条滑雪板滑成内八字形，滑雪板的外侧要稍稍翘起，我开始缓慢小心地滑了起来。

黑龙江体育局滑雪场上的滑雪爱好者

初学滑雪时显得很累，尤其是大腿的肌肉特别酸痛，200 米的坡我滑了一半就得休息一下，然后再继续滑，否则就累得无法控制速度和方向。

幸好今天阳光黯淡，白雪并不刺眼，我在平坡、人少的地方练习，渐渐地脚下笨拙沉重的鞋板也温驯多了。

单板滑雪的专业运动员

就在我离开教练独自经过斜坡时，一时控制不住，侧翻摔倒在雪地上。等我爬起来，拍掉身上的雪花，发现不远处有人正从坡上摔下，滑雪鞋被直直地抛了出去，人还停留在半山腰，鞋子却比他先到达终点。那个小伙子还坐在雪地里招手呼喊：“哎，我的鞋！”好像鞋子能听懂他的话，自动走回去似的。还有人摔下山坡，手杖却挂在了半山腰的护网上。

单板滑雪的专业运动员

有个穿红衣的妇女原本滑得好好的，正在得意地冲同伴喊：“你看我滑得咋样！”不幸被从坡上冲下来的一个学生撞倒，“咣当”一声，两人抱成一团滚下了山坡。雪场上滑稽的场景，总让人哭笑不得……

我停下来和教练聊天，原来这个黑脸膛的小伙子就是附近村子里的人，他告诉我：亚布力分为竞技滑雪区和旅游滑雪区。来这里滑雪的有很多老外，韩国、日本、俄罗斯的随处可见。那些最牛的发烧友，穿着花哨，戴着特噪音的耳机，直接从山顶上垂直的白色雪道上飞下来。那雪道非常陡峭，有的地方将近九十度，而且崎岖不平，已经是极限运动了。

我随着教练坐上缆车，到了半山腰的初级雪道上，教练说我只能在这里滑，因为只有专业人士才可以上到山顶的高级雪道。我按照他的指导，蹬上滑雪板，由他搀扶着沿着一个小小的斜坡滑下来，一开始总感觉重心不稳，前后左右地乱晃……等到第二次下来的时候，一阵强劲的北风袭来，将地面的积雪卷了起来，抛向空中。一霎时，雪花纷纷扬扬、遮天蔽日，太阳也像被涂上了一层迷离的黄色光晕。慌乱中，我和教练分开了，我忘了刹住滑雪板，无法控制笨重的身体，速度越来越快，而重心总是后仰，两支雪杖也不知什么时候弄丢了，嘴里大喊着："闪开！闪开……"估计不到一分钟时间，我就摔倒在地了，用了三个跟头结束了第一次初级雪道两小时的滑行。

亚布力火车南站远眺

在亚布力滑雪场，那两天碰巧赶上黑龙江省队在训练，观赏专业的单板运动员滑雪，他们左右屈膝地穿梭而下，时而腾空，时而落地，那漂亮的超级大回转简直令人咋舌！而那些跳台滑雪的运动员们，从滑道冲出后能够滑行六十多米，看着他们风一样掠过，我觉得自己的内心也获得了一种飞翔的感觉……

在亚布力度假区，除了滑雪，还有雪地摩托、狗拉雪橇等许多项目。那些玩雪的游客，脸上都充满兴奋的表情，不时发出开心的尖叫声……

在这里，你可以在雪影纵横的世界里慢慢行走，可以在风车山庄欣赏世界各国经典的风车，以及路边那些风情浓郁的俄罗斯建筑。而我入住的宾馆，窗外就是银白色的亚布力滑雪场，在寂静的冬夜，让你忘记自己是个旅人，拿一本书靠在沙发上随便翻阅，间或看一眼窗外飞扬的雪花，一种温馨的感觉便会从心底悄然升起……

有关哈尔滨的五种记忆

一条黄金铺成的老街

YI TIAO HUANG JIN PU CHENG DE LAO JIE

从亚布力到哈尔滨一天有五趟火车，像我这样一个背着大包旅行的人，有时坐车反而成了一种休息，四个小时的行程足够让我发呆或整理纷乱的思绪。我一直喜欢独自旅行，喜欢一切简单的人与事，而太过复杂的生活，让我想逃，也感觉疲累。长途列车上可以看到各色人等，知道这个世界上除了西装革履正襟危坐，还有头顶硕大旅行袋、汗流浃背的打工族，有蜷缩在车厢连接处的一

哈尔滨中央大街，一条黄金铺就的街道。

哈尔滨中央大街

家三口，也有“满面尘灰烟火色”的男人和稚气未脱的学生……车厢里的旅客或坐或站，甚至有人躺在座椅下面呼呼大睡。整个车厢空气污浊，从登上火车开始，我已经消灭了三罐王老吉、两个香蕉和五根香肠，可是仍然感到饥饿的侵袭！看到车上卖的盒饭，肚子也随之开始抗议了，心里盘算着到了哈尔滨一定要找家宾馆洗个热水澡，在餐馆大吃一顿，然后美美地睡上一觉！

火车到哈尔滨已是中午，我身上携带的现金不多了，在火车站买了份地图，寄存好行包，当务之急是找到取款机取钱，在一个陌生的城市要找到取款机还真不容易，走了无数条街道，才找到一两个取款机，但都不能取钱，想想接下来要去的地方，身上剩余的几百元钱不敢乱花了。街上大雪纷飞，这时，有一辆出租车停在我面前，司机问我是不是要去市区，我带着呆滞的表情点头。一路上，司机很热情地问这问那，向我讲述关于哈尔滨的一些事情。我的眼睛却望着窗外路两旁白茫茫的积雪，司机说：“这几天一直下雪，天冷！”我让司机先带我找到银行，然后坐着出租车在市区兜了一圈。哈尔滨是座大气、沾染了俄罗斯风情的城市，一向被誉为东方的“莫斯科”、“小巴黎”，西方元素充满了这座城市的大街小巷……在东北，哈尔滨和长春都有过被沙俄和日本殖民的历史，经历时间的风雨沧桑，但最不易抹去的是建筑，这是两座城市一段凝固的历史。出租车在街道上缓缓地绕行，我很喜欢这座充满异域情调的城市，因为它身上散发着历史的味道，高贵的气质，就像我一路上见到的俄罗斯女郎，很美的女子，高挑，象牙色的皮肤，眼里闪烁着大海般神秘的蓝光。

车子在哈尔滨的大街上绕了一圈之后，司机问我是不是要去中央大街，我向他点了点头。去年秋天我曾到过哈尔滨，遗憾的是那时尚未下雪，但秋天的哈尔滨仍给我留下了深刻的记忆。中央大街可以说是哈尔滨的城市名片，城市名片的说法来自林徽因，她曾在一次演讲中说道："一个城市的建筑就是这个城市的名片。"大街的建筑高雅古典，拥有着天鹅般明亮、骄傲的气质，又被历史赋予厚重的暗色，这些建筑体现了西方建筑艺术的精华，整条中央大街其实就是一条建筑艺术长廊。

出租车在街口停了下来，这里当年曾是松花江边的荒凉低洼的草甸子，运送铁路器材的马车轧出一条泥泞的土路，后来铺上了石板，街边出现了俄罗斯人经营杂货的商铺。随着时光的流逝，大街两边盖起了一幢幢欧式楼房……如今的中央大街北起松花江边的防洪纪念塔广场，南至十二道街口的松雷百货大楼，刚开始时叫作"中国大街"，1925 年才被改称"中央大街"，汇集了拜占庭式、巴洛克式、文艺复兴式、新艺术运动式等多种风格的建筑，几乎浓缩了欧洲几百年的建筑史。

所有这些充满异国风情的建筑中，最有魅力的当属当年远东最豪华的宾馆——马迭尔宾馆。虽然时间过去了一百多年，但这座建筑依然风采不减，走进那紫铜色的门扉，不经意间就能触摸到历史留下的蛛丝马迹……那位俄

哈尔滨中央大街建筑

籍犹太人约瑟·开斯普开始建造马迭尔宾馆时，一定没有料到自己的宾馆会成为中国朝代更替的一个缩影。末代皇帝溥仪的身影、冯玉祥将军的骨灰盒、毛泽东的电报……都曾出现在马迭尔宾馆中。这是一座有着路易十四风格的建筑，具有优雅的窗洞形式、玲珑精致的阳台栏杆、丰富的装饰线脚、极具动感的女儿墙……穿过高穹修长的回廊，而内部洛可可风格的装饰更让人动情。散文家朱自清在马迭尔吃过饭，还印象颇深，在给叶圣陶的信中专门提及此事，他写道：“俄国菜分量多，便于点菜分食，且油重，很适合国人口味。”

中央大街为世人所称奇的还有它的路面。它由俄国工程师科姆特拉肖克设计、监工，铺路用的方块石为花岗岩雕就，形状极像俄式小面包，经过百年的洗礼，它们仍然密实而精巧。那种光滑细腻的质感，让人仿佛有种行走在起伏的旋律中的感觉，耳边恍惚还能听到马车穿梭在路上的回声。据说那时一块方石的价值是一块银圆，而一块银圆足够平民一个月的生活费，七百多米长的大街，可谓是哈市的一条“黄金之路”。

当时大街上的外国商店、药店、饭店、旅店、酒吧、舞厅不计其数，其中道里秋林分公司、马迭尔旅馆在整个远东地区名气远播。在这条哈尔滨最时髦的街上，俄国的毛皮、英国的呢绒、法国的香水、德国的药品、日本的棉布、美国的洋油、瑞士的钟表、爪哇的砂糖、印度的麻袋，以及各国干鲜果品均有出售，丝毫不亚于一个国际商品博览会。据说那时中央大街来往的大都是外国人，有个不成文的规定，中国人要进入这条大街，必须穿得西装革履，要“不辱没了这奢华之地”才行。

直到现在，这条著名的大街并未在时间中老去，那些20世纪20年代的古建筑并没有落满灰烬，依然在发挥自身的商业功能，中央商城、百盛购物中心、松雷国际商厦、中央书店、服装店、西餐厅、酒吧、邮局……走在中央大街上，我仿佛是在历史与现实中不停迂回穿梭。而那些新建的现代建筑总让人觉得有副僵硬而暧昧的表情。

当我返身离开时，总觉得中央大街还以一种古典的眼神注视着我，让我在川流不息的人群中成为历史的一个过客……

大教堂、广场和乞丐们

DA JIAO TANG \GUANG CHANG HE QI GAI MEN

当神往已久的圣索菲亚大教堂巍然屹立在我面前，这座古老、雄伟的拜占庭式东正教堂，此时就像一首褪色而寂寞的老歌。米什莱说过：“大教堂是民众之家。”但如今一切都已成为历史，这里没有唱诗班的颂歌，没有神父的祈祷……除了零星的几个游客光顾，它耸立在大片现代的建筑群中，在暮色中显得形只影单。

始建于1907年的索菲亚教堂

20世纪初，随着哈尔滨的俄国人越聚越多，东正教空前发展，建立了许多教堂，始建于1907年的索菲亚教堂原是沙俄东西伯利亚第四步兵师修建的随军教堂。从外观上看教堂气势恢宏、巍峨而精美绝伦，教堂顶端是耸入云端的十字架，那巨大饱满的洋葱头穹顶统率着四翼大小不一的帐篷顶、古红色的墙砖、高大模糊的门……据说现存于世的圣索菲亚教堂一共有三座。一座在土耳其最大的城市伊斯坦布尔，一座在乌克兰首都基辅，还有一座就是哈尔滨的了。黄昏的夕光为圣索菲亚教堂镀上了一层庄严、凝重的色彩。我不知道如今顶部的钟楼中七座铜铸的乐钟是否还能敲出悠远的钟声？但那里仍然有许多鸽子飞舞着翅膀，衔着历史在教堂的上空盘旋。“索菲亚”意为“神灵的智慧”，以此为教堂命名，大约是供奉智慧之神的意思吧！

教堂内部显得陈旧破败，但仍能感觉到那种君士坦丁堡的索菲亚教堂的穹顶气氛——那巨大的穹顶构成了极其宏伟壮观的空间轮廓。我置身于这座“金字塔”的内脏，透过教堂上方的窗户，几乎能看到空气中浮动的尘埃。我在广场上缓慢地行走，从不同的角度审视这座著名的大教堂，尽管周围看起来显得拥挤狭窄，但因有了那块空间，依然能够为古老的圣索菲亚教堂撑起一片想象的天空……

广场上市民表演的东北扭秧歌

记得去年深秋，圣索菲亚大教堂的广场上聚集着许多乞丐，他们大都会摆弄杂耍，帽子在前方一放，两只手便开始扔三个或四个橘子，有时候会扔像保龄球形状的木棒，边扔边接，但绝对不吆喝。也有懒得动手的，靠着墙根晒太阳，前面是一头皮毛油光水滑的大狗在摆各种造型，然后叼着帽子向人要钱。我在广场上游荡，一不留神，眼前居然伸过来两只手，抬头一看，一个是和尚，一个是乞丐。我摸出两枚硬币递给他们，此时过来了另一个乞丐，蹭到我面前说“大爷，你可怜可怜我吧。”我说：“你别向我要了，我没钱了！”他眨巴着小眼睛，诡秘地说：“那你怎么给刚才那两个呢？”我没办法只好递给他一枚硬币，现在我身上的硬币只剩下一枚了。就在此时，不知从哪里突然冒出六七个乞丐，他们正咧着嘴冲着我笑，我摇着头无奈地说：“我真没钱了，就一个钢镚了！”为了证明自己真的没钱，我故意翻出口袋给他们看。没想到其中一个乞丐竟然说：“既然你这么困难，不如咱们一块要吧！”他的表情中夹杂着戏谑和嘲讽的成分，听了这话我真的是彻底无语了。

旅途中让我敬重的是另一类乞讨者，在闹市、街头、广场和地铁站，他们随意一站，便旁若无人地吹拉弹唱，技艺丝毫不逊于那些所谓的艺术家。不同的是音乐家都在金碧辉煌的舞台中出现，而他们则是风餐露宿，在人群集聚的地方即兴演出。

有一次在川西高原，我遇见过两个叩长头的藏民，一个虔诚地一步一叩，另一个摇着永不离身的转经筒。当他在我面前停下，双掌合十时，我掏出十元钱，令人吃惊的是他居然找了九元钱给我，原来他们乞讨只是维持生存的最低保障。后来我每次和朋友们讲起这一细节，总是感慨唏嘘！

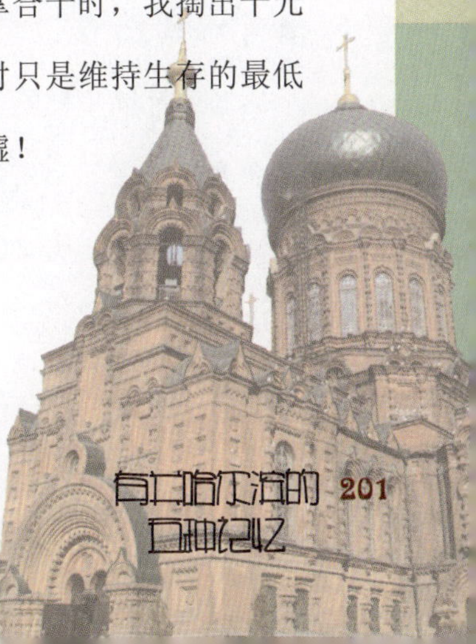

以俄国作家名字命名的大街

YI E GUO ZUO JIA MING ZI MING MING DE DA JIE

哈尔滨这座城市值得在不同的季节造访，每次出租车司机带我经过某栋建筑的遗址时，都会描述当年的盛况。司机的叙述总以一声感叹结束，他会转过头来说：“你不知道，那个时候，多美…… ”

哈尔滨有许多老街和老房子，我总觉得这些古老的建筑是有生命的，是一座城市的灵魂。而以19世纪俄国作家尼古拉·瓦西里耶维奇·果戈理命名的果戈理大街，是哈尔滨一条有着百年历史的著名街道。

以19世纪俄国作家果戈理命名的果戈理大街，是哈尔滨一条有着百年历史的著名街道。

大街建于1901年，位于南岗区中部，因其当时居住着很多俄罗斯人，因此命名为果戈理大街，也是我记忆中少数以作家名字命名的大街。

果戈理大街上有一个果戈理宾馆，宾馆门前塑有果戈理先生的铜塑。这位俄国著名的批评现实主义作家每天面对繁华的大街，我不知道他对芸芸众生和日新月异的商品经济社会持有怎样的看法？而紧靠着果戈理大街的俄罗斯河园常常在夜幕降临之后，两旁的酒吧会传出悦耳的琴声，偶尔会有歌手和乐队在河边的亭台水榭演奏。霓虹闪烁，乐曲悠扬，斜靠在木质的椅子上，隐约还有童话般梦幻的感觉。而不远处的那座天主教堂静静地待在夜色中，是否在倾听一个孤独的游荡者在异乡的种种见闻和失落？

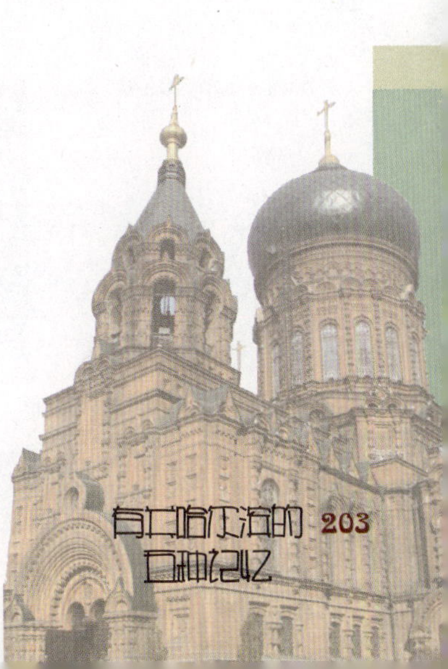

冰雪大世界

BING XUE DA SHI JIE

我在哈尔滨的几天里，天空总飘落着晶晶的雪屑。

早晨拉开窗帘，总看见宾馆裙楼的屋顶，雪又厚了几分。路上的行人步履匆匆，厚厚的冬装里只露着两只冒着热气的眼睛。我穿着两身保暖内衣，羊毛衫、棉袜、羊毛袜、帽子、口罩和围巾一应俱全，出门穿鞋时，感觉腰都有点弯不下去了，活像个笨重的企鹅。

走在大街上，听脚步在雪地上发出“嘎吱嘎吱”的声响，细小的雪粒吹打在身上，风吹过时，那种凛冽的冷，穿过我的门牙，钻进我的喉咙，如同一把把冰刀，企图在你的脸上刻下冬季深深的印记。

哈尔滨冰雪大世界外观

而每年冬

哈尔滨冰雪大世界俯瞰

天，在松花江畔都会上演一场冰雪盛宴，来自世界各地的艺术家把哈尔滨堆砌成一个晶莹剔透的童话世界。冰雪大世界是我见过规模恢宏、冰雪景观最华美的游园了，它与日本的冰雪节、加拿大的冬令节、挪威的滑雪节并称世界四大冰雪节。而在哈尔滨人的眼中，冰的美丽，雪的纯洁，如同上帝派来的天使，冰雕、冰灯、雪雕，把这座城市装扮得像一个美丽而神秘的水晶世界。

供应各种饮料和啤酒的冰吧

我在冰雪大世界，目睹了夕阳闪耀在冰灯上奇妙的变幻，在华灯初上时感受绚丽的冰雪世界。

这是一个童话中的城堡，它的中心建筑模拟的是埃菲尔铁塔。冰城堡、冰大厦、冰城楼、冰围墙、冰房子、宫殿、庙宇、回廊、高塔、滑梯……漫步其中，恍惚走进了一座晶莹剔透的迷宫。

当我试着登上高处，从冰窗中俯瞰，扑面而来的，是夜色中五彩的冰雕和令人哆嗦的冷风。穿梭在狭小的冰巷里，周围是迷离的冰灯，让我怀疑自己是否误入了天国的花园了？或许走进那扇敞开的巨大的冰门，就会进入一座中世纪的宫殿？

冰雪大世界

这是一个我从未领略过的世界，它美得有点像梦境。滑轮胎、冰上自行车、滑冰车，游人的欢乐的尖叫声不时在大滑梯上起伏。那些欢乐的儿童，在零下三十度吃着冰糖葫芦，通红的小脸上绽放着永不融化的笑容。在这个宏大的城堡里，冰块不断变幻着色彩，置身其中，每一人都是这个童话王国里的精灵。

华灯初上时，冰雪大世界中的马迭尔冰上秀场。

当地人曾告诉我，哈尔滨的冰雕年年翻新，永不重复。据说古老的冰雕是东北乡间赶马车人的杰作，赶车人为了夜间照明，用木桶盛水，结冰后将桶中间尚未凝固的水倒掉，便成了一个外实中空的天然冰雕，稍做修饰并凿一个孔后，在中间点上蜡烛或松明子、油灯之类的，放在车前照明。后来哈尔滨人在上元节常做冰灯给小孩子玩耍，让他们挑着冰灯笼放鞭炮、堆雪人、打爬犁。而那些精心雕刻的各种式样的冰灯则悬挂在街市

黄昏时的冰雪大世界

上，流光溢彩地供人们观赏。早年哈尔滨的一些商家、客栈和饭馆门前，常用这种冰灯照明，招徕客人。而一些生活在哈尔滨的外国人，也喜欢做些十字架、宫殿样式的冰灯，放在松花江上展览。年年的冰雕在冬季粲然绽放，给哈尔滨带来了一种无法言说的美。

月亮升起时，这里就是一个冰雪的童话王国。

冰雕在灯光的折射下呈现出美丽的质感

据说这些透明的冰块都取自于松花江，我特意问过做冰块的师傅，看他们用冰锯锯开厚实无比

的冰块。师傅遗憾地告诉我，松花江的冰，已经没以前厚了。他还说哈尔滨的冬天常会发生让人悲痛的事件，松花江结冰后，人们可以在上面滑

夜幕下的哈尔滨冰雪大世界

冰，遇上堵车，很多汽车也会直接行驶到冰面上。车轮碾过的冰面，暗藏的危机却不为人知。倘若遇到气候骤然变暖，冰块也都悄然变薄。车连人一起下沉到松花江的冰窟里，八成不再上来了。汽车紧闭玻璃窗，外面的水压顶着车身，

冰雕的取材都来自附近的松花江

冰雪大世界中晶莹剔透的冰雕

哈尔滨的冰雕源于东北乡间赶马车人的杰作

冰雕在冬季粲然绽放，带来了一种无法言说的美。

人开不了窗。所以活活在里面憋死。就算事前已经摇下窗，可以从车窗爬出来。但冰冻三尺的江水也会把人活活冻死。他叹了口气说：“像这样的惨剧，每年都会发生……”

冰雪大世界第二届国际组合冰冰雕比赛的金奖作品《闻鸡起舞》

冬天的哈尔滨是沉静的，她的河流如同这座城市脖子上的一条项链，就在冰雪大世界不远处的地方沉睡。大地冰封，夜色温柔，我口中哈出的白气在空中飘散。在这座气质独特的城市中穿行，我始终觉得难以描述，她的面貌、特征，她沉静的表情下，隐藏着的深沉的气息与灵魂。冰雪是冬天的味道，是凝结着寒气的欢乐。在中国大概还没有一座城市能像哈尔滨一样热爱冰雪，呵护冰雪。

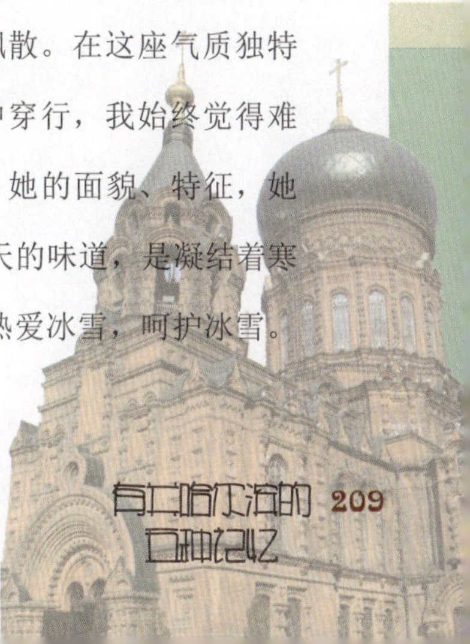

从某种意义上来讲，哈尔滨其实并不冷，冷的只是气温而已。而这座城市的体温，却始终是热的——当你在温暖的屋里，隔着玻璃窗看阳光倾泻进来；当你与那些憨厚热情的东北人心无城府地相处……

一直觉得，当那些寒冷的风、不化的冰、寂静的街道、惟妙惟肖的冰雕，黑白电影一样在心底挥之不去时，那一刻的哈尔滨有很多理由，让你不得不爱上这座冰雪铸成的城市了。

令人垂涎欲滴的冰糖葫芦，充满了童年的味道。

太阳岛——一座被雪雕塑的小岛

TAI YANG DAO——YI ZUO BEI XUE DIAO SU DE XIAO DAO

在哈尔滨零下三十度的户外行摄，手中的相机冷得像块冰。最令人担心的事情终于发生了！我的尼康 D700 突然出了故障，它曾陪我穿越过滇藏和川藏线，出入高原和热带雨林……可现在，令人沮丧的是删除键完全失灵，显示屏也变得漆黑一团，无论怎样重启都无济于事。

哈尔滨太阳岛

我急得直冒冷汗，想想接下来的日子，心情立刻灰暗到极点，于是背着相机，满大街寻找维修站。听说在极端寒冷的气候里，进屋前应把相机装进密封的袋子，大约几小时后才能掏出，否则极易造成机内结霜。午后，我终于在一条巷子里找到维修店，谢天谢地！经过工作人员的一阵鼓捣，我的相机终于又恢复

太阳岛上现代感极强的雪雕作品

了正常功能。

而我重新背着沉重的三脚架，按原计划前往松花江北岸的太阳岛。汽车穿过市区，跨过松花江大桥，就到了江北的太阳岛。想起当年郑绪岚那首著名歌曲《太阳岛上》：明媚的夏日里天空多么晴朗，美丽的太阳岛多么令人神往…… 但我抵达这里，却是在一个寒冷的冬日。从道口到公园门口，路两旁寂静而空旷，近百座纯白的雪雕在蓝天下浮动着柔和的光泽。

据说早年满族在此渔猎，因松花江盛产的鲂（俗称鳊花），满语发音近似汉语中的“太阳”，后来加上“岛”字便成了“太阳岛”。从20世纪80年代起，这里每年都会举办盛大的雪雕艺术节。冬季

太阳岛雪雕博览会

的太阳岛恍惚是一个玉树银花的童话世界，被人誉为“都市雪乡”。

我无端地觉得：在这里出没的，应该是一袭素装的白雪公主和七个活泼善良的小矮人。而现在，冬日的阳光洒在身上，我觉得自己的身体被雪花一样飘忽的阳光所笼罩，逐渐凝固在这个澄明的世界中了。

一座二十七米高的渔家少女的巨型人物雪雕，创下了世界雪雕人物之最。

在登上太阳岛之前，我一直以为雪雕是用天然的雪雕刻的，直到现在才知道，天然的雪太松散，无法凝固在一起，因此雪雕的雪全都是用机器人工制造而成的。太阳岛上的马车、爬犁、雪橇不断晃着铃铛飞奔，道路两旁的雪雕闪烁着汉白玉一般的光。

孟元老曾在他的《东京梦华录》中记载：“豪贵之家，遇雪即开筵，塑雪狮，以会亲旧。”这种习俗一直延续到一百五十多年后的南宋都城杭州。而哈尔滨的雪雕，如果追溯源头，那就是民间那种笨拙而可爱的雪人了。如果说雪是冰城哈尔滨的灵魂，那么太阳岛就是雪的圣殿。这里的积雪厚实而洁白，地面上、栅栏上、松枝上都托着积雪，就连那些欧式风格的屋顶上也都覆盖着雪，岛上散落着好多老房子和别墅，一律掩映在玉树琼枝间，像是披了一件童话中的白衣。

雪博会中渔家少女的雪雕竟高达二十多米，置身在这座相当于九层楼高、一百多米长的雪雕空间之下，那份奇特的视觉冲击足以让人瞠目结舌！

雪博会以雪为元素，与流淌的音乐相呼应，我惊讶于那些看似普通的白雪，通过艺术家的手却重新获得了呼吸和生命！

在夕光的照射下，雪雕四周笼罩着一层令人心醉的黄晕，也许最美的事物，总是无法永恒，雪雕可以说是一门残酷的艺术，付出的劳动如此巨大，却只能保留一百天左右，待到春暖花开，灯熄人散，它那淋漓流淌的样子一定会使人黯然神伤。

我在雪博会品尝到了传说中的“冻秋梨”。在东北，入冬时农民会把一种个头不大的梨深埋在雪堆里，直冻得黑硬。吃之前得把梨泡在冷水里化冻，然后捞出来用牙一咬—— 凉、甜、酸，所有的滋味一瞬间齐聚到嘴里，“咯吱吱”的给人感觉像是在啃一根冰棍！

随着白桦林在雪地上的阴影不断拉长，哈尔滨的夜晚已悄然降临，我又一次感受到这座城市蚀骨的寒气了！

查干淖尔：北方最后的渔猎部落

一路上不断有车祸发生

YI LU SHANG BU DUAN YOU CHE HUO FA SHENG

早晨，由哈尔滨乘客车至吉林松原，北方的旷野无边无际，汽车在雪道上行驶，窗外冰天雪地，远处的白桦林像灰褐色的羽毛隐约在天地间。路的两旁堆满了积雪，有的地方还长满矮树丛。而覆盖在路上的雪，在极度寒冷的气候里，经过反复碾压，最后形成光滑的路面。在这一带行车，路面上潜伏着重重危机，粗心的司机稍不留神，就会落得人仰马翻。一路上不断有车祸发生，我看到一辆驾驶室撞毁了的吉普车，歪斜地停在路边，拖车司机正在做着准备工作。一公里外又见警灯闪烁，两位像是司机的男子站在风雪中，呆呆地望着眼前的景象：一红一蓝两部轿车，车头朝下斜趴在雪地上，像是没有气息的乌龟，已经动弹不得。车子后面的路基上，用钢板围成的护栏，被撕裂开一个十几米的缺口。

目睹接连发生的车祸，司机开车也变得格外小心。在下坡时遇到对面有车，常常在百米外就开始停车。客车路过一个村庄，重新启动时却像中了邪似的，点火，不着。再点，不着。接着点，依然不着。发动机嘶哑，传说中的熄火就这样毫无征兆地降临了，司机最后鼓捣了大半天，客车才喘着粗气上路了。

从哈尔滨到松原，四个小时都是那种冰雪路面。我坐在前头，双眼注视着那双握着方向盘的手，看拐弯的时候这双手是否也跟着转动，我不时递烟给司机，总之，只要他不犯困，我心里就会踏实许多。

松原市区距查干湖约45公里，无论从哪个方向进入，它都是必经之路。一路上大雪纷飞，那些在雪道上行驶的大挂货车，如果一发生事故，往往导致几十公里的交通都陷入瘫痪状态。我隔着车玻璃看窗外飞舞的雪花、白色的山川和凝固的河流，而旁边的乘客已经发出轻微的鼾声了……

头鱼，每斤一万四千元的天价

TOU YU ,MEI JIN YI WAN SI QIAN YUAN DE TIAN JIA

查干湖位于科尔沁草原东部的前郭尔罗斯蒙古族自治县境内，是吉林省最大的内陆湖泊，蒙古语为“查干淖尔”，意为“白色圣洁的湖”。冬天茫茫的原野上，只有枯草在寒风中抖动，那些随时吹刮起的积雪，像烟雾一样弥漫在

冬捕的东北汉子，驾着爬犁，朝茫茫的冰上走去……

巨大的冰面上……

在零下三十多度的天气里，大多东北人都守着炭盆和火炕，躲在屋里猫冬。而在查干淖尔风雪弥漫的村落，在白雪没膝的冰道和旷野中，却奔走着一个个东北汉子。他们牵马背网，拖着爬犁和冰镩，呼喊着朝那茫茫的冰上走去……

查干湖畔的蒙古包

历史上前郭县的蒙古族人民一直过着“逐水草而居”的游牧生活，而查干湖冬捕也随之延续了千余年，人们甚至称这里的牧民为“查干淖尔渔夫”，因其传承原始、神秘的渔猎方式，被人类学家誉为“最后的渔猎部落”。

汽车在西川头停下时，我才渐渐看清这个风雪中的村庄，当我推开一家农家旅馆的大门，在房间里明显闻到一股焦煳的气味！主人说屋里正在烧炕呢。生活在圣水湖畔的渔民多是蒙古族人，房东就是当地的土著，对远道而来的客人非常热情。后来得知他们都是渔场的职工，现在都搬到松原市区去了，通常只在冬季回来小住，顺便做些生意……夜里窗外下着雪，我在温暖的室内和房东闲聊。他告诉我，查干湖冬捕最精彩的是“祭湖·醒网”的古老仪式，通过祭祀查干圣湖，唤醒沉睡的大网，开始冬捕。每年都要举行这一传统仪式，在冰层达到四十公分左右时，请妙因寺的喇嘛来确定黄道吉日。那天，喝完壮行酒之后，随着“渔把头”一声：“上冰！”渔工们都跳上拉网车、爬犁或三挂大马车，开赴冰上作业。此时，鞭炮声、喇嘛的诵经声、马铃声、鼓声、号角声，开始在查干湖寂静的雪野上飘荡。他还说，每年冬天一个月时间，捕获鲜鱼的总量可达一百多万斤。雪花漫天席卷，近千人的冰上作业、几十辆车昼夜不停地运输，在这里曾捕到过一条一米多长、七十多斤重的大青鱼。而每年醒网后都对现场捕捞的头鱼进行拍卖，有一回曾创下了每斤一万四千元的天价……

谁不去冰上见识一下，谁就不是汉子！

SHUI BU QU BING SHANG JIAN SHI YI XIA, SHUI JIU BU SHI HAN ZI

我和房东坐在火盆旁抽烟，房东说："'渔把头'石师傅就住在隔壁！"一听是"渔把头"，我便央求房东请他过来聊一聊。当传说中的"渔把头"出现在我面前时，我发现那是一个头戴狗皮帽子、反穿皮袄、手里拿着大烟袋、有着黧黑脸庞的男子。谈起冬捕，这位东北汉子脸上露出了骄傲的笑容，他说在查干淖尔，谁不去冰上见识一下，谁就不是汉子！他从16岁就开始当渔民，从拉套、走勾、打镩、跟网干起，到20世纪60年代当上

在查干湖，每只渔网的网眼编织得都很大，而那些不幸被打捞上来的小鱼，渔工也会将它们重新放回湖中……

了“渔把头”。每年冬捕在哪里下网，都由渔队的首领“渔把头”决定，那是整个队伍的灵魂人物，得对湖区的地形了如指掌。据他说，冬季的查干湖结冰厚达一两米，选择入网口可是一门大学问，选准了就会有捕不完的鱼。而“渔把头”首先要会“识冰”，要把耳朵贴在冰面上，通过水流声，来分辨鱼群的位置。选定地点后，先在冰面打好两排冰眼，让网能在冰下穿过，然后逐渐围拢，最后在出网口把冰下的渔网拉到冰面上。冬季冰下鱼群聚集，用大拉网一次可以捕到成千上万斤鱼。在查干湖，每只渔网的网眼编织得都很大，而那些不幸被打捞上来的小鱼，渔工也会将它们重新放回湖中……

皇帝主持召开头鱼宴

HUANG DI ZHU CHI ZHAO KAI TOU YU YAN

我们约好次日早晨，跟随他的车队前往西川头的捕捞点。第二天凌晨四点，我就来到查干湖边，在白雪皑皑的冰面上，借着熹微的晨光，我发现冰面上隐约出现了三个小黑点：马爬犁。马车上坐着一群身穿棉大衣、头戴狗皮棉帽的渔工，而“渔把头”石师傅已经站在那里等候了。待我上车后，他高喊一声：“出发！”车夫随即甩了个响鞭，黑暗中便响起一阵清脆的马铃声。这是一支由渔把头、副职、跟网、打镩、扭矛、走钩、小套、送旗等人员组成的队伍，我们顶着锥子般的寒风，在薄雾中坐着马车前往冰雪茫茫的湖心。在冰面上行走，恍惚有一种奇异的感觉，我想象脚下翻滚着无数的鳙鱼、鲤鱼、草鱼和鲢鱼……让人忍不住想起辽代浪漫的皇帝。据说萧太后的儿子辽圣宗，每年腊月，都会亲率嫔妃大臣，来到冰冻的查干湖上扎营。他们的冬捕极具北方风情：先在大帐篷里选一小块冰层，将其刮薄，直到可以清晰地看见冰层下鱼群游动的身影。在皇帝的率领下，身穿裘皮的美丽嫔妃和大臣们围坐在薄冰圈外，轻轻敲开冰面，那些鲜活的鱼就会自动跳跃上来。传说当第一条鱼跃出冰面时，皇帝会亲自主持召开盛大的头鱼宴，面对不断持续涌出的鲜鱼，他们大快朵颐，饮酒作乐，直到第二年春天来临时才缓缓而归。

查干淖尔的冰上渔夫

CHA GAN NAO ER DE BING SHANG YU FU

湖面上非常空旷，在冰上开车要沿着插有彩旗的道路行走，否则很容易遇上冰窟窿，行车速度也得特别小心缓慢。我发现有几个辽宁的摄影师，把车开得飞快，结果就在不远处的冰面上不停地转圈，足足滑行了七八十米后，最后总算将车停了下来。

大约一小时后，东方渐露鱼肚白，我们也到了湖心的冬捕点。马爬犁停了下来，渔工们也开始忙碌起来。老石站在选好的入网口，确定位置后，用旗杆在冰面上划出一个长方形印记，两个渔工随即凿出一个冰口子来。第一个冰眼为下网眼，再由下网眼向两侧各数百余步，插上大旗。我看见他来回走动，用几杆大旗规划出冰面，这就是渔民所说的“网窝子”。现在，渔工们手脚麻利地沿着下网眼每隔十多米凿一个冰眼，巨大的渔网从入网口进入冰层之下，便会沿着冰眼在水中游走，直到远处的出网口，这中间需要渔工在厚厚的冰面上掘出很多冰眼。查干湖冬捕用的渔网，让人无比震撼——那是两米宽、千余米长的条形大网，单单下网就得花费大半天时间。

在寒冷彻骨的湖面，在零下三十多度的早晨，尽管穿得非常厚实，但一股股寒气仍不断从脚底向上传递。我只能打着寒战，不停地跺着脚。而渔工们穿着厚重的羊皮袄、棉帽子、大头鞋和手套，特别适应冰上作业。在查干湖，直到今天依然保留着古老而原始的捕鱼方式，马匹、胶轮车、渔网，很少窥见现代化的工具，而捕鱼的场地也是“渔把头”凭感觉划定，甚至连村民都不知道下一刻他们会出现在哪里。尽管整个捕鱼的过程，看起来非常刺激，但事实上却非常艰辛，渔工们吃饭都是直接将冰敲碎加热为水，用来煮鱼和饺子。

拇指粗的钢丝绳竟然绷断了

MU ZHI CU DE GANG SI JING RAN BENG DUAN LE

渔工们捕鱼时要在冰面下拉动巨大的网，绝非人力所能。因此，捕鱼的半个月前他们就要选择十多匹健壮的骏马，开始用精草料喂养，让马匹能经受住严寒和超负荷的劳作。现在，几匹马正拉着绞车不停地转圈，那巨大的渔网从

查干湖冬捕刚捞上的鲜活鱼

冰窟窿里一点一点地升上来，每当网线升起一段距离后，渔工们就不停地翻动手中的钩子将网向两侧摊开……时间

冬季冰下鱼群聚集，用大拉网一次可以捕到成千上万斤鱼。

不知过了多久，太阳已明晃晃地照在冰面上，在渔工们高亢、沙哑的号子声里，整张网终于挪到了出网眼。

此时，鬃毛上挂满了冰珠的马匹开始拉动着出网轮，那张巨网才被缓缓地拉出冰面，一瞬间，鲤鱼、鲫鱼、胖头鱼、鲶鱼都奇迹般翻出了冰眼。突然，我发现“渔把头”的神色骤变，只见他转身冲着绞盘处高喊：“停下，停下，快停下！”此时，渔网就在洞口紧绷着，一记沉闷的响声过后，一切都松弛了下来。我听见有渔工在说：“纤绳断了！”我紧张地问：“鱼会跑吗？”天哪！那拇指粗的钢丝绳竟然绷断了……其中一个渔工很淡定地说：“可能鱼多，常有的事！”此时，“渔把头”让渔工们围成一圈，将冻得像铁丝一样的渔网从四周抓起，为防止洞口封冻，他又喊上几位渔工，从洞口处不断向外掏鱼……看着鱼像泉水一般从洞口喷涌而出，在寒风中等待了大半天的人们变得激动起

来，零下三十多度的空气好像也随之沸腾起来。

石师傅的胡子上都结满了白霜，他点燃一根烟，望着冗长的网拉出冰面，开始长长地吁了一口气。鲜活的鱼在冰面上很快就堆起了一个个“鱼垛子”！那场景壮观得令人匪夷所思，据说在冰天雪地的查干湖，最多的时候曾一网打出四十万斤鲜鱼！

这是一口神奇的湖泊，它一直静静地隐藏在前郭尔罗斯的大草原上，在冬天最冷的时候，用最原始的渔猎方式，除非置身现场，你很难相信从一个小小的出鱼口，竟然可以拉出上万斤活鱼……

盛京沈阳

深夜两点半的敲门声

SHEN YE LIANG DIAN BAN DE QIAO MEN SHENG

旅途中的一大好处就是可以花上大把时间，与陌生人天南海北地聊天，或许下一站到了，挥挥手，今生不再有见面的机会。从松原到沈阳的火车上，我的周围一个是在大连做药材生意的年轻人，另一个是去锦州看望儿子的中年妇女，而我的邻座是位朝鲜族老人，当得知我是南方人，他就说起旧时的东北。他说在他小时候，东北的气温经常达到零下四十度，他们戴的狗皮帽足足有四五厘米厚。那时候狍子遍野，村子里有狩猎的，整天躲在山上下套，他们能辨认野兽的足迹，并且知道猎物什么时候会从原路返回……我静静地听着他讲述，仿佛那些故事像根绳子，将我牵进了风雪中的深山老林。

绿皮火车在铁轨上咣当地前行，快接近沈阳时，突然一号车厢浓烟滚滚，乘客们纷纷往我们的二号车厢涌来，捂着鼻子，拎着行包，那情景如同末日来临，让人心惊肉跳。此时，只见一位年轻的乘警跑过来解释，他紧张得口吃，从他连比带划的手势中我最终听明白：原来这是趟烧锅炉的火车，因为透气操作不当，以致浓烟外泄。大家都不禁暗暗抹了一把汗，原来是虚惊一场啊！

火车抵达沈阳时，夜已深了，我背着大包，急着要找个住宿的地方。有旋转玻璃门的宾馆是不进去的，这些地方一般房价偏高。还是先找找招待所吧，可是哪里有呢？走过无数家旅馆，最后被一个包着头巾的妇女带到店里，招待所没有我想象的那么破旧，招牌也挺大，但登记处设在二楼，临街的底层街面房开着一家酒吧，从街上到旅馆必须通过一条小小的楼梯。当我御下背包准备登记时，看见一个喝得满脸通红的家伙正冲着前台的服务员叫：“快！给我一间房。”服务员拿出登记表说：“先生请登记。”“登……登什么记？要间房还要登记？什么态度！”“那请出示您的证件。”那人勃然大怒：“你神经病！什么时候要间卡拉 OK 房唱歌还要看证件？！”我忍不住笑了，心想：他大概是在楼下酒吧喝醉，忘记东南西北了！

沈阳的天气比哈尔滨暖和，房间里没有暖气，虽然有空调，但是打了很长时间也未见暖和。于是把所有能盖的都压在身上，勉强才入睡。不知过了多久，迷迷糊糊地听见敲门声，有人在喊：“起来啊，开门啊，起来啊！”我一开始以为是服务员“叫早”，就说：“知道了！”但奇怪的是那敲门声依然不屈不挠，敲得我心烦意乱，就胡乱地应答“别敲了，知道了，现在几点了？”“两点半了！”门外的声音答道。两点半？！这三个字立马让我的脑袋“嗡”的一响，直接发懵了，我“噌”地坐了起来，看着窗外的月光，瞪大眼睛，屏息静听着门外的响动。大约过了几分钟，突然门外又响起钥匙开锁的声音，我蹑手蹑脚地起来，把床头柜迅速推到门边，用力将门顶上。一阵“稀里哗啦”的钥匙声后，一切又重归寂静。不知过了多久，发现外面一点动静都没有了，我才试着将门打开一条小缝，探出头，确定没人后，便冲下二楼，狂敲服务员的休息室。服务员迷糊地为我解释，是几个吉林客人喝多了，敲错了门！

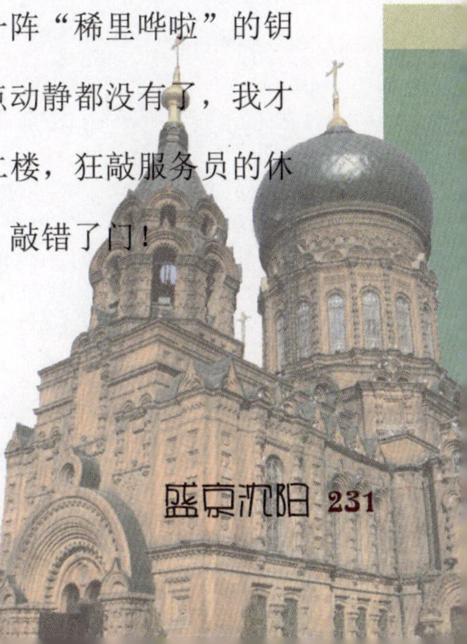

沈阳故宫，一座胜利者的遗址

SHEN YANG GU GONG ,YI ZUO SHENG LI ZHE DE YI ZHI

斜阳。深宫。人迹寥寥……

沈阳故宫

沈阳故宫是清朝入关前的盛京皇宫和入关后的陪都宫殿，是清太祖努尔哈赤与清太宗皇太极修建的宫殿。清世祖福临在此即位称帝。这是一座巍峨的宫殿，一砖一瓦，一草一木，似乎还隐约透露出一种雄霸天下的气息……这座采撷了长安、洛阳、开封、金陵几朝汉家宫阙之长的清朝宫殿，走在赭红的城墙下，满蒙汉建筑风格交融的建筑，几乎可以窥见北京故宫的倒影。它记录了努尔哈赤和皇太极剽悍的铁骑，也留有摄政王多尔衮和孝庄皇后辅佐少年天子的暧昧和机谋……

对一座皇宫的解读无疑是困难的，当一座座雄伟的宫殿突然呈现在我面前

沈阳故宫大政殿，是当年努尔哈赤君臣议事和办公的地方。

时，我充其量只能看到它的表象，而永远无法发现它的背面—— 那些消失在时间和空间中的秘密，也永远看不到那些在宫殿里飞来飞去的奏折，以及与奏折相关的阴谋、千里之外的战争、功臣的封赏、死人的头颅、转瞬倾覆的王朝、惊恐万状的宫娥、密如雨林的箭矢……

踏入大清门，便像一步跨入那个遥远的朝代。沈阳故宫呈八字形的建筑格局，透露出清朝以八旗制度为核心的体制。每遇大事，努尔哈赤端坐大政殿，左、右翼王和八旗旗主则分处十王亭，君臣合署办公。1636年皇太极在崇政殿称帝，从此清王朝便在中国历史上出现了。沈阳故宫珍藏着大量清入关前的皇家文物和明清两代的珍贵艺术品。如今已辟为沈阳博物馆。

三百多年前的后金时代，雄才大略的努尔哈赤就坐在这座皇宫里，运筹帷幄，睥睨天下。他取图伦，下巴尔达，灭哈达，并辉发，亡乌拉，降叶赫，在萨尔浒之战中，指挥几万人的八旗军打败了二十四万明军的进攻……而在历史大对决的甲申年间，明朝拥有一亿人口，近二百万军队，李自成也拥有百万大军；而清朝总人口不过百万，带甲者不过十七万。力量对比如此悬殊，然而历史的天平最终倾向了这座皇宫的主人，从而一统天下。

在岁月的风雨中，沈阳故宫很多地方已露出残相。连石雕的精微处也磨损得失去了棱角，青砖斑驳开裂，但与北京故宫相比，这是胜利者的遗址，一个王朝前行后留下的背影！

张氏帅府东侧的神秘小楼

ZHANG SHI SHUAI FU DONG CE DE SHEN MI XIAO LOU

离开故宫，步行约十几分钟，在北方十一月的寒风中，我看见不远处耸立着一座古罗马廊柱盘绕的西洋建筑，四周围筑着三米多高的青砖厚墙，那就是张作霖和张学良的故居—— 张氏帅府。

张氏帅府

帅府是中国近代许多历史事件的发生地：张作霖在此成为“东北王”；皇姑屯事件发生后，他身负重伤，死在帅府；张学良将军在这里宣布“东北易帜”，维护了中国统一，并处决了杨宇霆和常荫槐……

但我更感兴趣的是帅府旁边的一幢神秘的小洋房，那是美丽的赵四小姐的故居。在天津蔡公馆的舞会上，英俊潇洒的少帅张学良和

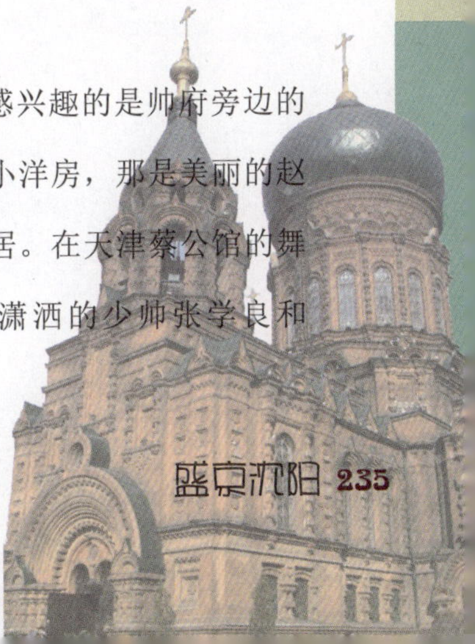

16 岁的赵四小姐初次相识，一见钟情，互为对方倾倒。也正是这一面之缘，开始了两人长达 72 载的情路风雨！1929 年 9 月的一天，赵四小姐给家里留下一张字条，以探望生病的张学良为由，只身来到了沈阳。张的原配夫人于凤至迫于无奈，默认了赵四的存在，但却提出了两个条件：一、赵四小姐不能进帅府；二、赵四小姐不能有正式的名分。后来赵四小姐就住在帅府东墙外那栋二层小楼里。

很多来过帅府的人都感到疑惑，赵四小姐为什么舍弃阳光明媚的南屋，而是选择东北角阴冷潮湿的房间作为自己的卧室呢？答案其实很简单，仅仅是因为站在这里，她就能隔窗看到大青楼张学良办公室里的灯光。在这座小楼里，赵四小姐度过了她人生中最为幸福的一段时光。直至西安事变之后，在长达半个世纪的囹圄之中，两人始终不离不弃，那热烈缠绵的爱情，令后人感慨不已……

昭陵和一群乌鸦的传说

ZHAO LING HE YI QUN WU YA DE CHUAN SHUO

昭陵的建筑酷似福陵，但它却多了一份雄伟森严的气势……

清初关外的“三陵”是指努尔哈赤的福陵、皇太极的昭陵和努尔哈赤的祖陵永陵。 而“三陵”中规模最大的要数皇太极的昭陵了，因地处沈阳市区的北部，也称“北陵”。

乌鸦似乎与清初的皇室有着太多的渊源，它们曾救过努尔哈赤和皇太极……在清宫中几乎成了神圣的精灵。据说皇太极晚年时，曾派人到处探寻自己归属的风水宝地，但每每不合己愿。一日在率众贝勒到盛京北郊行围采猎，在追逐一只野兔时，只身误入树林深处。正在他茫然四顾，纳闷于突然消失的野兔时，听见一阵鸹噪声传来，他循声望去，只见荒林之中堆拥着一个大土丘，上面落满了一群黑压压的乌鸦。皇太极见此情景，赶紧收箭入囊，策马上前察看。正被选陵之事弄得心烦意乱的他，恍然觉得这是神的旨意，便当即定下这就是自己百年之后的归属之地，于是便有了今天的昭陵。

寂静的昭陵

如今，北陵公园尽头就是昭陵的神桥，旁边立有下马碑一方，刻有满汉两种文字：“诸王以下官员人等在此下马。”看来清代的官员谒陵至此是必须步

昭陵地处沈阳市区的北部，也称“北陵”。

行入内了。过神桥，就是昭陵著名的石牌坊，至此，昭陵才真正呈现在我眼前了。

其实，整个昭陵的建筑酷似福陵，但相比之下，昭陵却多了一分雄伟森严的气势……其宏大的规模几乎可与沈阳故宫一比，俨然是另一座皇城了。从夏日漱石的游记中来看，这一带以前曾经灌木丛生，长满野葡萄和杂木，像个荒芜的庭园……现在，我穿过无数的宫殿和松柏，才得见一个巨大的土丘！想来应该是皇太极和孝端文皇后的合葬之地了。让我感到奇怪的是，高高的锥形土丘上只长着一棵孤独的榆树！

昭陵中威武的石狮

想想世间万物，唯有时间最为公正，它让万古的功名、伟绩都化为尘土，无论显赫的帝皇或平贱如尘埃的百姓……

尾声

WEI SHENG

我在寒冷的深夜离开东北，从沈阳坐动车直抵秦皇岛，次日下午抵达山海关。

这座背靠燕山，南临渤海的关口，是万里长城东北部的起点，在中国历史上有着显赫名声的关隘，如今仅是经典的历史与文化符号了。

尽管时间的风霜已将部分城墙洗成了灰白色，但它仍保持巍峨的雄姿。站

山海关是明朝苦苦支撑的关宁锦防线的最后一关，也是自古进出东北的陆上要塞！

雄伟、巍峨的山海关长城

在城楼上可俯瞰山海关城内的平房和关外茫茫的原野，远处是隐隐可见的燕山山脉，这就是明朝苦苦支撑的关宁锦防线的最后一关，也是自古进出东北的陆上要塞！

其实，从关外到关内，这并非是唯一的路线。历史上，清军在1644年的山海关之战前，已经先后五次经山海关西面的路线大举进入内地，进攻明朝。第一次是在1629年，皇太极率大军亲征，经热河进军，破长城的大安口和龙井关直入内地，占领遵化，攻陷蓟州，兵围北京。而最后一次入关的最大成就是皇太极成功施用反间计，使崇祯杀掉了名将袁崇焕，为清军剪除了劲敌……

这里只是清军由山海关入关最近的军事线路，我想：一个王朝的兴衰自有其定数，如果吴三桂不献山海关，清军的铁骑依然会踏上中原的大地！

关外和关内的风光迥然不同，火车继续南下，一路上绿色也被一点点重新擦亮！两个半月前，我从大连出发，那时还是深秋。我背着沉重的行囊，扛着三脚架，到达了中国最北、最东的那片土地，进入苍莽的大小兴安岭，经历黑龙江、嫩江、乌苏里江、松花江、鸭绿江……现在已经是冬天，而我的背包却越来越轻，一路上我不断丢弃厚重的衣服，但记忆仍停留在东北寒冷的天地间，北方冰层下的河流还在内心流淌，漫山遍野的雪和旷野上凛冽的北风，还在刚刚逝去的日子里肆虐。七十多天的行走，我的登山包已脏得看不出原来的颜色。冲锋衣上满是污泥，胡子拉碴，活像个流浪汉的模样！

旅行中有句经典的话：身体和灵魂，必须有一个在路上。但我觉得一旦踏上旅途，两者已是密不可分，那时我的身体经历的是一场苦役，而灵魂几乎脱窍，始终飞翔在妙不可言的天堂中！

旅行的意义在于对未知世界的探索和发现，一个人孤独的行走，让你学会怎样和自己相处，吃饭、走路、沉思、睡觉，寂寞充其量只是一件轻薄的外衣，而内心的容器会变得深不可测，它可以装下自然、历史和旅途中的点点滴滴……

在路上的感觉，会让人获得新生，世界那么大，我们永远只在它的边缘行走。当我们在嘈杂的都市中，当我们麻木的眼睛已分辨不出绿叶的深浅，需要一个陌生而让人迷恋的世界，能让自己悄悄消失一段时间！

爱尔兰诗人叶芝在《茵尼斯弗里岛》中写道：

> 现在我就要动身前去，因为每日每夜，
> 我都能听见那湖水轻吻沙岸的声音；
> 站在街衢之上，走在灰色的人行道上，
> 我在内心深处，听见了那悠悠的水声。

是啊！当我重新站在灰色的人行道上，我从没想到，那些童话般的东北城镇，会被我悉数装进相机和背囊中，相信哈尔滨、漠河和珲春等遥远得令人恍惚的城市，还会在梦境中与我不期而遇。我始终觉得东北大地的美，对一个南方人永远有一种致命的诱惑，它的白山黑水，它的大气开阔，幽深而神秘。那里有着严酷而漫长的冬天，在那片土地上生活的人们，豪爽、淳朴，让人一直心怀敬意。

亚历山大·冯·洪堡曾在一篇自传体笔记中写到他旅行的动机：“我被一种不确定的渴望所激励，这种渴望就是从一种令人厌倦的日常生活转向一个奇妙的世界。”而现在，与他不同的是，我手中攥着一张上午九点半的返程车票，天气预报显示：12 月 27 日，温州，晴，微风，最高温度 19 摄氏度。

再过六小时，我就要从这个奇妙的世界重新轮回到不断重复的日常生活中了。